어린 왕자

어린 왕자

앙투안 드 생텍쥐페리 글·그림

김이랑 옮김

시간과공간사

레옹 베르트에게

나는 이 책을 한 어른에게 바쳤는데, 그 점에 대해서는 어린이들에게 진심으로 미안하게 생각합니다. 하지만 내게는 그럴 만한 이유가 있습니다. 그 어른은 나의 가장 친한 친구이기 때문입니다. 또 그 어른은 어른의 책이든, 아이의 책이든 모두 이해하기 때문입니다. 그리고 그는 지금 프랑스에 살고 있는데 추위에 떨며 굶주리고 있습니다. 그래서 저는 그 어른에게 용기를 주어야 합니다. 그런데 이 모든 이유로도 부족하다면 어른이 되기 전, 어린이였을 때의 그에게 이 책을 바치고 싶습니다. 어떤 어른도 예전엔 다 어린이였습니다.(물론 어른들은 이 사실을 별로 기억하지 않습니다.) 그래서 나는 이 책을 '레옹 베르트'가 아닌 '어린이였을 때의 레옹 베르트'에게 바치겠습니다.

어린이였을 때의 레옹 베르트에게

|

여섯 살 무렵에 나는 원시림에 관한 이야기를 쓴《모험 이야기》라는 책에서 굉장한 그림 하나를 보았습니다. 그것은 보아뱀이 맹수를 집어삼키는 그림이었는데, 그 그림을 옮겨 놓은 것이 위에 있습니다.

그 책에는 "보아뱀은 먹이를 씹지 않고 통째로 집어삼킨다. 그런 뒤 보아뱀은 꼼짝도 하지 않고 먹이가 소화될 때까지 여섯 달 동안 계속 잠만 잔다."라고 씌어 있었습니다. 그래서 나는 원시림에서는 도대체 어떤 일들이 일어나는지 곰곰이 생각한 끝에 색연필을 가지고 내 나름대로의 첫 번째 그림을 그렸습니다. 내가 그린 제1호 그림은 아래와 같습니다.

나는 어른들에게 이 그림을 보여 주면서 무서운지 어떤지 물어 보았습니다. 그러자 어른들은 "모자가 왜 무서워?" 하고 대답했습니다. 내가 그린 그림은 모자가 아니고 보아뱀이 코끼리를 삼킨 그림이었는데 말입니다. 그래서 나는 어른들이 알아볼 수 있도록 보아뱀의 뱃속 모습을 그렸습니다. 어른들은 언제나 설명을 해주어야 합니다. 나의 제2호 그림은 아래와 같습니다.

그러자 어른들은 나에게 충고했습니다. 속이 보이든, 안 보이든 보아뱀 그림은 집어치우고, 차라리 지리나 역사, 산수, 문법에 관심을 갖는 게 좋을 것이라고 말입니다. 그래서 나는 일찍이, 그러니까 여섯 살 무렵에 훌륭한 화가로서의 꿈을 접었습니다. 첫 번째 그림과 두 번째 그림이 성공을 거두지 못해서 낙심했기 때문입니다.

어른들은 혼자서는 아무것도 이해하지 못합니다. 일일이 설명을 해주어야 합니다. 하지만 언제나 어른들에게 매번 설명을 해주어야 한다는 것은 어린이인 나에게 벅찬 일입니다.

나는 할 수 없이 다른 직업을 선택해야만 했습니다. 그래서 나는 비행기 조종하는 법을 배웠습니다. 나는 전 세계를 정말 많이 누비고 날아다녔습니다. 지리 공부가 많은 도움이 된 것은 사실입니다. 한번 척 보기만 하면 중국과 애리조나를 구별할 수 있었으니까요. 또 밤에 길을 잘못 들었을 때도 매우 큰 도움이 되었습니다.

나는 이렇게 해서 일생 동안 무수히 많은 점잖은 사람들을 만났고, 어른들 집에서 오랜 세월을 살며, 그들과 아주 가까이 지냈습니다. 하지만 그렇다고 해서 그들이 더 좋게 생각되지는 않았습니다. 다만 좀 똑똑해 보이는 사람을 만나면 늘 간직하고 있던 나의 제1호 그림을 보여 주었습니다. 그 사람이 정말로 무엇을 이해할 줄 아는 사람인지 시험해 보고 싶었기 때문입니다. 그러나 대답은 언제나 내가 기대하던 것이 아니었습니다. 그러면 나는 보아뱀이니 원시림이니, 별이니 하는 이야기는 꺼내지도 않고 그분이 알아들을 만한 이야기를 합니다. 카드놀이나 골프, 정치, 넥타이 등에 관한 이야기를 하는 것이지요. 그러면 그분은 아주 똑똑하고 착실한 사람을 알게 되었다며 몹시도 좋아합니다.

2

나는 6년 전 사하라 사막에서 비행기가 고장을 일으키기 전까지 마음을 털어놓고 지낼 친구 한 명 없이 살아왔습니다. 비행기는 무엇 때문인지 고장이 나서 꼼짝도 하지 않았습니다. 하는 수 없이 나는 비행기를 고쳐야 했습니다. 정비사도 승객도 없었기 때문에 그 어려운 수리를 나 혼자 감당해야만 했습니다. 나에게 있어 그것은 생사와 관련된 문제였습니다. 겨우 8일 동안 마실 물만 있었을 뿐이었으니까요.

첫째 날 저녁, 나는 사람이 사는 곳으로부터 수천 마일이나 떨어져 있는 모래밭에서 잠들게 되었습니다. 나는 망망

이 그림이 어린 왕자의 초상화입니다.
훗날 내가 그를 그림 중에 가장 훌륭한 것입니다.

대해 한가운데서 표류하고 있는 사람보다도 훨씬 더 외로운 신세였습니다. 그러니 해가 뜰 무렵, 이상한 작은 목소리를 듣고 잠이 깼을 때는 얼마나 놀랐겠습니까. 그 목소리는 이 렇게 말했습니다.

"양 한 마리만 그려 주세요."

"뭐라고?"

"양 한 마리만 그려 달라고요."

나는 벼락 맞은 사람처럼 후다닥 일어나서 눈을 비비고 자세히 쳐다보았습니다. 그랬더니 나를 점잖게 살펴보고 있는 어린 친구가 보였습니다. 앞에 실린 그림이 내가 나중에 그 아이를 그린 것들 중에서 가장 근사한 초상화입니다. 물론 내 그림은 실제 모델보다 훨씬 덜 아름답습니다. 하지만 그를 진짜처럼 아름답게 그리지 못한 것은 내 탓만이 아닙니다. 여섯 살 무렵에 어른들 때문에 화가의 꿈을 포기했고, 그림이라고는 그때 속이 보이는 보아뱀과 속이 안 보이는 보아뱀을 그려 본 일밖에 없으니까요.

아무튼 그때 나는 너무 놀란 나머지 그 꼬마를 멍하니 바라보고 있었습니다. 다시 한 번 말하지만 당시 내가 있던 그곳은 사람들이 사는 곳에서 수천 마일이나 떨어진 곳이었습니다. 그런데 그 꼬마는 길을 잃은 것 같지는 않았습니다. 몹시 지쳐 보인다든지, 배고프다든지 또는 목이 마르다든지, 무서워서 벌벌 떤다든지 하지 않았습니다. 다시 말해 사람들이 사는 곳에서 수천 마일이나 떨어진 이 사막 한가운데서 길을 잃은 어린 아이의 모습을 하고 있지 않았다는 말입니다.

한참 후에야 나는 겨우 말문을 열어 이렇게 말했습니다.

"그런데……, 넌 여기서 뭘 하고 있는 거니?"

그러자 꼬마는 무슨 중요한 일에 관해 말하는 것처럼 조용히 같은 말만 되뇌었습니다.

"부탁이에요. 양 한 마리만 그려 주세요."

너무 이상한 일을 당하게 되면 누구나 그것을 거역하지 못하는 법입니다. 나는 사람들이 사는 곳으로부터 수천 마일이나 떨어진 곳에서, 죽을 위험에 처해 있는 사람이 하기에는 도무지 이해할 수 없는 일이라는 생각이 들었지만, 주머니에서 종이 한 장과 만년필을 꺼냈습니다. 그런데 바로 그때, 나는 내가 공부한 것은 지리와 역사, 산수, 문법이라는 생각이 났습니다. 그래서 나는 조금 퉁명스럽게 그림을 그릴 줄 모른다고 말했습니다. 그랬더니 꼬마는 이렇게 대답했습니다.

"괜찮아요. 양 한 마리만 그려 주세요."

나는 양을 그려 본 일이 없었기 때문에 내가 그릴 줄 아는 두 가지 그림 중에서 하나를 그려 보기로 했습니다. 그것은 바로 나의 제1호 그림인 속이 들여다보이지 않는 보아뱀 그림이었습니다. 그런데 놀랍게도 그 어린 친구는 이렇게 대답하는 것이었습니다.

"아니, 아니, 코끼리를 삼킨 보아뱀을 말한 게 아니에요. 보아뱀은 아주 위험해요. 그리고 코끼리는 아주 거추장스럽구요. 우리 집은 아주 조그맣단 말이에요. 난 꼭 양이 있어야 해요. 양 한 마리만 그려 주세요."

나는 할 수 없이 양을 그렸습니다. 그러나 꼬마는 "아니에요! 이 양은 벌써 병이 들었어요. 다른 양으로 그려 주세요."

그래서 나는 다른 양을 그렸습니다. 그러자 꼬마는 빙그레 웃으며 말했습니다.

"아저씨, 이건 암양이 아니고 숫양인 걸요, 뿔이 있으니까 말이에요."

나는 또다시 다른 양을 그렸습니다.

"이건 너무 늙었어요. 난 오래 살 수 있는 어린 양을 갖고 싶어요."

나는 더 참을 수가 없었습니다. 비행기를 수리하는 일이 급했기 때문에 그림을 아무렇게나 대충 그려 놓고 한마디 툭 던졌습니다.

"이건 상자야. 네가 갖고 싶어 하는 양은 이

상자 속에 들어 있어."

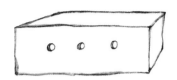

그랬더니 정말 뜻밖에도 나의 어린 심판관의 얼굴이 밝아졌습니다.

"이게 바로 내가 갖고 싶어 하던 그림이에요! 그런데 이 양은 풀을 많이 줘야 할까요?"

"왜 그런 걸 묻니?"

"우리 집은 아주 작으니까요."

"이 정도면 괜찮을 거야, 이 양은 아주 작으니까."

꼬마는 머리를 숙여 그림을 들여다보더니 말했습니다.

"아주 작지도 않은데요, 뭐……. 보세요, 양이 잠들었어요."

이렇게 해서 나는 어린 왕자를 알게 되었습니다.

3

그가 어디서 왔는지를 아는 데는 꽤 오랜 시간이 걸렸습니다. 나에게는 여러 가지를 물어 보면서도 어린 왕자는 내가 묻는 말에는 제대로 대답해 주지 않았기 때문입니다. 그러나 나는 어린 왕자가 하는 말을 통해 점차 그에 관해 알게 되었습니다.

가령 내 비행기를 그가 처음 보았을 때 나에게 이렇게 물었습니다.

"이 물건이 뭐예요?"

"물건이 아니라 이건 비행기란다. 하늘을 날아다니는 거야."

나는 자랑스럽게 하늘을 날아다니는 것에 대해 말해 주었습니다. 그러자 어린 왕자는 큰 소리로 말했습니다.

"그럼 아저씨도 하늘에서 떨어졌어요?"

"그렇지."

내가 겸손하게 대답했습니다.

"정말 재미난 일이네?"

그러더니 어린 왕자는 깔깔 대고 웃었는데 그 웃음이 나를 화나게 만들었습니다. 나는 어린 왕자가 내 불행을 좀더 진지하게 생각해 주기를 바랐기 때문입니다. 그런데 어린 왕자가 다시 말했습니다.

"그럼 아저씨도 하늘에서 왔구나.

어느 별에서 왔는데요?"

나는 어린 왕자의 존재에 대해 알아내기 좋은 순간이라고 생각하면서 황급히 물었습니다.

"그럼 너는 다른 별에서 온 거야?"

그러나 어린 왕자는 내 말에 대꾸도 하지 않고 비행기를 들여다보면서 조용히 머리를 끄덕였습니다.

"하긴, 이런 걸 타고서는 아주 멀리서 오지는 못했을 거야……."

그러더니 오래도록 무엇인가 곰곰이 생각했습니다. 그러고 나서는 내가 그려 준 양을 주머니에서 꺼내더니 보물처럼 열심히 들여다보았습니다.

'다른 별들'에 대한 이야기를 약간이라도 비친 어린 왕자의 말에 나는 조바심이 났습니다. 그래서 어떻게든 좀더 알아보려고 애를 썼습니다.

"애야, 너는 어디서 왔지? 너희 집은 어디를 두고 하는 말이고, 양을 어디로 데려가려는 거니?"

그러나 어린 왕자는 오래도록 무엇인가를 곰곰이 생각하더니, 엉뚱한 대답을 했습니다.

"아저씨가 그려 준 상자 말이에요, 밤에는 양의 집으로 사용할 수도 있으니까 아주 좋아요."

"그럼. 그리고 네가 좋다면 낮 동안에 양을 매어 둘 고삐

와 말뚝도 그려 줄게."

어린 왕자는 나의 제안이 마음에 들지 않은 것 같았습니다.

"양을 매어 둔다고요? 그건 정말 이상한 생각이에요!"

"그렇지만 양을 매어 두지 않으면 아무 곳이나 돌아다녀서 잃어버릴지도 모르는데……."

그랬더니 어린 왕자는 다시 한 번 깔깔 대며 웃었습니다.

"아니, 가긴 어디로 가요?"

"어디로든지 곧장 앞으로……."

어린 왕자는 웃음을 멈추고 말했습니다.

"괜찮아요, 내 집은 아주 작으니까!"

그리고는 약간 서글픈 생각이 들었는지 슬픈 목소리로 말했습니다.

"앞으로 곧장 간다고 해도 그리 멀리 갈 수 없어요."

4

이렇게 해서 나는 또 한 가지 중요한 사실을 알게 되었습니다. 어린 왕자가 살던 별이 집 한 채보다 조금 큰 정도라는 사실을요.

나는 그것이 별로 이상하게 생각되지 않았습니다. 지구, 목성, 화성, 금성같이 사람들이 이름을 붙여 놓은 큰 별들 외에 작은 떠돌이별이 수백 개가 있고, 어떤 것은 너무 작아서 망원경으로도 보이지 않는다는 것을 잘 알고 있었기 때문이지요.

천문학자가 그런 별을 하나 발견하면 이름 대신 번호를 매깁니다. 예를 들면 '소행성 3251호'라고 부르는 것이지요. 나는 어린 왕자가 살던 별을 '소행성 B612호'라고 믿을 만한 이유가 있었습니다. 이 소행성은 터키 천문학자가 망원경으로 한 번 본 일이 있는 별이

기 때문입니다. 이 천문학자는 그 무렵 국제천문학회에서 자기의 발견에 대한 증명을 했으나 그의 옷 때문에 아무도 그

의 말을 믿지 않았습니다. 하여튼 어른들은 그렇습니다.

그런데 소행성 B612호에게 다행스런 일이 생겼습니다. 터키의 한 독재자가 국민들에게 양복을 입어야 한다는 명령을 했고, 1920년에 그 천문학자가 양복을 입은 채 다시 사람들에게 증명을 해보였습니다. 그랬더니 이번에는 모두들 그의 말을 믿었습니다.

소행성 B612호에 대해서 이렇게 자세한 이야기를 하고 그 번호까지 알려 주는 것은 어른들 때문인데 어른들은 숫자를 좋아합니다. 어른들에게 새로 사귄 친구에 대해 이야기하면 그분들은 정작 중요한 것에 대해서는 도무지 묻지 않습니다.

"그 친구의 목소리가 어떠냐?"

"무슨 장난을 좋아하느냐?"

"곤충채집을 하느냐?"

이렇게 묻는 일은 절대로 없습니다.

"나이가 몇이냐?"

"형제가 몇이냐?"

"몸무게가 얼마나 되니?"

"그 아이의 아버지는 돈을 얼마나 버니?"

이렇게 물어봅니다. 이런 것을 알아야 그 친구를 아는 것으로 생각합니다.

"창틀에는 제라늄이 피어 있고, 지붕 위에서는 비둘기들이 놀고 있는 아름다운 붉은 벽돌집을 보았어요."

어른들은 이렇게 말하면 그 집이 어떻게 생겼는지 상상하지 못합니다.

"십만 프랑짜리 집을 보았습니다."

이래야 어른들은 감탄합니다.

"정말 훌륭한 집이구나!"

상황이 이러니 어쩔 수 없습니다.

"어린 왕자는 정말 예쁘고, 미소를 잘 지으며, 양을 갖고 싶어 했어요. 이게 바로 그가 존재했던 증거랍니다. 만일 누군가가 양을 갖고 싶어 하면 그 사람이 있었다는 증거가 되는 거예요."

어른들에게 이렇게 말하면, 그분들은 어깨를 으쓱하며 우리를 아이로 취급할 것입니다.

"그가 떠나온 별은 B612호 소혹성입니다"

하지만 이렇게 말하면 어른들은 우리의 말을 알아들을

것이고, 또 여러 가지 질문으로 귀찮게 하지도 않을 겁니다. 어른들은 언제나 이런 식이니까요. 하지만 그렇다고 해서 어른들을 나쁘게 생각하면 안 됩니다. 어린이들은 어른들에게 아주 너그러워야 합니다.

물론 인생을 이해하는 우리들은 숫자를 대수롭지 않게 여깁니다. 그래서 나는 이 이야기를 옛날 공주 이야기처럼 이렇게 하고 싶었습니다.

"옛날에 자기보다 조금 더 클까말까 한 별에 사는 어린 왕자가 있었습니다. 그 왕자는 친구가 그리웠습니다. 그래서……."

인생을 이해하는 사람들에게는 이렇게 하는 편이 훨씬 진실된 느낌을 줄 것입니다. 왜냐하면 나는 사람들이 이 책을 아무렇게나 읽어 버리는 것이 싫기 때문입니다. 이 추억에 대해 이야기하려면 나는 큰 슬픔에 빠집니다. 내 친구가 양을 데리고 떠난 지 벌써 6년이 지났기 때문입니다.

그의 모습을 지금 여기에 그리는 것은 그를 잊고 싶지 않기 때문입니다. 친구를 잊는 것은 슬픈 일입니다. 물론 누구나 다 친구가 있는 것은 아니지만 그렇다고 그를 잊고 살아간다면 나도 숫자에만 흥미 있는 어른들처럼 될 것입니다.

내가 지금 그림물감과 연필을 사서 그를 그리려는 이유가 바로 이런 것입니다. 그림이라고는 여섯 살 때 속이 들여다보이지 않는 보아뱀과 속이 들여다보이는 보아뱀밖에는 그려 본 적이 없는 내가, 이 나이에 그림을 다시 시작한다는 것은 힘든 일입니다. 물론 나는 최선을 다해 내 어린 친구의 모습을 그릴 것입니다. 하지만 완벽한 그림을 그리지는 못할 것입니다. 이 그림은 그럭저럭 괜찮은데, 저 그림은 볼품없다든가 할 것입니다. 어린 왕자의 키도 조금 다를 것입니다. 어떤 것은 너무 크고, 어떤 것은 너무 작고……. 또 그가 입은 옷도 어떤 색깔이었는지 정확히 기억나지 않습니다. 그래도 나는 기억력을 되살려 열심히 그릴 것입니다. 물론 그럼에도 어떤 중요한 부분을 잘못 그릴 수 있습니다. 하지만 그 정도는 너그럽게 용서해 주셔야 합니다. 내 친구는 도무지 자신에 대해 설명해 주지 않았기 때문입니다. 아마 나도 자기와 같은 줄로 생각했던 모양입니다. 그러나 나는 불행하게도 상자 속에 든 양을 꿰뚫어 보지는 못합니다. 아마 나도 조금은 어른들처럼 생겼고, 나이가 든 모양입니다.

5

나는 어린 왕자의 별과 여행, 또 그 별을 떠나온 사연에 대해 매일 조금씩 알게 되었습니다. 물론 아주 천천히, 그리고 어린 왕자가 무엇을 곰곰이 생각하던 중에 우연히 알게 된 것입니다.

3일째 되던 날, 나는 바오밥나무의 비극에 대해서 알게 되었습니다. 물론 이것 역시 양 때문이었습니다. 왜냐하면 어린 왕자가 무슨 중요한 의문점이 생긴 것처럼 갑자기 이렇게 물었기 때문입니다.

"양이 작은 떨기나무를 먹는다는 게 정말이에요?"

"응, 사실이야."

"와, 정말 잘 됐어요."

나는 양이 작은 나무를 먹는 일이 왜 그렇게 중요한지 이해하지 못했습니다.

"그러니까 바오밥나무도 먹는단 말이죠?"

나는 바오밥나무는 작은 나무가 아니라 큰 성당만큼 아주 큰 나무이며, 한 무리의 코끼리 떼가 덤빈다고 해도 바오밥나무 하나를 무너뜨리지 못할 것이라고 말했습니다. 그러자 어린 왕자는 코끼리 떼라는 말을 듣고 웃으며 말했습니다.

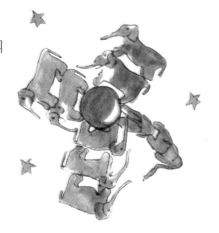

25

"그럼 코끼리들을 모두 높이 쌓아 놓아야겠네……."

그러나 어린 왕자는 영리하게 이런 말도 했습니다.

"바오밥나무도 큰 나무가 되기 전에는 작은 나무잖아요."

"맞아! 그렇지만 어째서 양이 작은 바오밥나무를 먹길 바라는 거야?"

"아이, 참!"

어린 왕자는 말할 필요도 없다는 듯이 대답했습니다. 그래서 나는 혼자서 이 수수께끼를 풀기 위해 끙끙 거렸습니다.

어린 왕자의 별에도 다른 별과 마찬가지로 좋은 풀과 나쁜 풀이 있었습니다. 그러니 당연히 좋은 풀의 씨와 나쁜 풀의 씨가 있었겠지요. 그러나 씨는 눈에 보이지 않았습니다. 그것들은 땅 속 은밀한 곳에서 조용히 자고 있다가 깨어나고 싶은 생각이 들면 살짝 기지개를 켰습니다. 그러면 조그맣고 연약한 예쁜 잎이 태양을 향해 고개를 내밀지요. 물론 무나 장미나무의 새싹이라면 마음대로 자라도록 내버려 두어도 좋습니다. 하지만 나쁜 풀일 때는 내버려 둘 수 없습니다. 보이는 즉시 뽑아 버려야 합니다.

그런데 어린 왕자의 별에는 무서운 씨가 있었습니다. 그것은 바로 바오밥나무의 씨였는데 그 별은 온통 바오밥나무

의 씨투성이였습니다. 그리고 바오밥나무는 자칫 손을 늦
게 쓰게 되면 영영 없애 버릴 수가 없었습니다. 그 녀석들은
별 전체를 휘감아 버렸고, 뿌리는 땅에 구멍을 냈습니다. 작
디작은 별에 바오밥나무가 넘쳐나게 되면 별이 산산조각 부
서질지도 모르는 일이었지요.

어린 왕자는 나중에 이런 말을 했습니다.

"그건 규칙의 문제예요. 아침에 몸단장을 하고 난 다음에
는 별의 몸단장도 해주어야 해요. 장미나무와 바오밥나무

는 싹일 때는 아주 비슷하지만 어느 정도 자라서 구별할 수 있게 되면 곧바로 바오밥나무를 뽑아 버리도록 규칙으로 정해야 해요. 귀찮기는 하지만 아주 쉬운 일이기도 하죠."

어느 날 어린 왕자는 나에게 훌륭한 그림을 하나 그려 보라고 했습니다. 그래서 이 땅에 살고 있는 어린이들 뇌리에 깊은 인상을 심어 주라고 말입니다.

"그 어린이들이 언제고 여행을 하게 되면 꼭 필요하게 될 거예요. 할 일을 나중으로 미루어도 괜찮을 때가 있지만 바오밥나무의 경우는 그렇지가 않아요. 전에 나는 게으름뱅이가 사는 별을 본 적이 있어요. 그런데 그 게으름뱅이는 작은 나무 세 그루를 그냥 무시해 버렸어요……."

그래서 나는 어린 왕자가 가르쳐 주는 대로 그림을 그렸습니다. 윤리 선생의 흉내를 내기는 싫었지만 바오밥나무의 위험성이 너무나 알려져 있지 않았고, 또 길을 잘못 들어 어떤 소행성에 발을 들여 놓게 되는 사람이 큰 위험을 당할지도 모르기 때문입니다. 그래서 나는 한 번만 예외를 두어 윤리 선생처럼 말하려고 합니다.

"어린이들아! 바오밥나무를 조심해!"

내가 이 그림에 이렇게까지 많은 정성을 들인 것은 나와 마찬가지로 오래 전부터 모르고 지나친 위험을 내 친구들에게 알려 주기 위해서입니다. 내가 주는 교훈은 그만한 값어

치가 있을 것입니다.

어쩌면 여러분들은 이런 생각을 할지도 모릅니다.

'왜 이 책에는 바오밥나무만큼 굉장한 그림이 없을까?'

대답은 아주 간단합니다. 많은 그림을 그렸지만 바오밥나무처럼 잘 그려지지 않았던 것입니다. 바오밥나무를 그릴 때는 위험을 알려야만 한다는 절박함에 사로잡혀 정말이지 너무 열심히 그렸거든요.

6

아, 어린 왕자! 나는 이렇게 해서 아주 조금씩 그의 쓸쓸한 생활을 알게 되었습니다. 어린 왕자한테는 해가 지는 고요한 풍경을 감상하는 일밖에는 달리 기쁜 일이 없었습니다.

어린 왕자는 4일째 되는 날 아침, 이런 말을 했습니다.

"나는 석양이 아주 좋아요, 우리 해 지는 거 구경하러 가요."

"그렇지만 기다려야 하는데……."

"뭘 기다려요?"

"해가 지길 기다려야 한단 말이야."

처음에는 정말 이상하다는 눈으로 나를 쳐다보더니 어린

왕자는 얼마 후 웃음을 터뜨렸습니다. 그리고는 이렇게 말했습니다.

"난 아직도 우리 집에 있는 줄 착각했어요!"

그렇습니다. 누구나 다 아는 것처럼 미국이 오전일 때, 프랑스에서는 해가 집니다. 한걸음에 프랑스에 갈 수 있다면 지금 당장 석양을 볼 수 있겠지만 불행히도 프랑스는 너무 멀리 떨어져 있습니다.

조그마한 어린 왕자의 별에서는 의자를 몇 발짝만 뒤로 옮겨 놓으면 석양을 볼 수 있었습니다. 그래서 어린 왕자가 보고 싶을 때는 언제든 해가 지는 모습을 볼 수가 있었지요.

"어느 날 나는 해가 지는 걸 마흔세 번이나 구경했어요!"

그리고 조금 있다가 다시 말을 이었습니다.

"아저씨⋯⋯, 몹시 쓸쓸할 때는 해가 지는 풍경을 구경하고 싶어져요⋯⋯."

"그럼 마흔세 번이나 해 지는 풍경을 구경하던 날은 그렇게도 쓸쓸했어?"

"⋯⋯."

어린 왕자는 대답이 없었습니다.

7

5일째 되던 날은 양에 관한 이야기 덕분에 어린 왕자의 생활에 관한 비밀도 알게 되었습니다. 어린 왕자는 오랫동안 고민하던 문제의 해답을 얻은 것처럼 밑도 끝도 없이 갑자기 이렇게 물었습니다.

"양이 말이에요, 떨기나무를 먹는다면 꽃도 먹겠지요?"

"양은 닥치는 대로 무엇이든 먹지."

"가시가 돋친 꽃도 먹어요?"

"그럼 가시 돋친 꽃도 먹고말고."

"그럼 가시는 무슨 소용이에요?"

나는 그때 그 말이 무엇을 뜻하는지 알지 못했습니다. 기관에 볼트가 너무 꽉 박혀 있어서 그것을 빼내는 데에만 정신이 팔려 있었기 때문입니다. 비행기 고장 때문에 눈앞이 캄캄했고, 또 물이 얼마 남지 않아서 최악의 상황이 닥쳐올까 봐 걱정이 되었습니다.

"네? 가시는 무슨 소용이에요?"

어린 왕자는 한 번 물어 보면 절대로 그냥 지나치는 법이 없었습니다. 나는 볼트에 너무 집착한 나머지 건성으로 대답했습니다.

"가시, 그건 아무런 쓸모가 없는 거야. 꽃이 심술 맞아서 그런 걸 달고 있는 거지."

"그래요?"

어린 왕자는 잠시 조용히 있더니 원망스러운 말투로 다시 말했습니다.

"나는 아저씨 말을 믿지 않아요! 꽃들은 약하고 순진해요. 꽃들은 가시로 최대한 저희들을 보호하고 있는 거라구요. 다치지 않으려고 가시로 겁을 주며 다른 것들이 다가오지 못하게 하는 거예요."

나는 아무런 대답도 하지 않았습니다. 그때 나는 이런 생각을 하던 중이었거든요.

'요놈의 볼트가 끝까지 버틴다면 망치로 힘껏 두들겨서 뽑아 버릴 테다.'

그런데 어린 왕자는 다시 나를 방해했습니다.

"아저씨는 정말 그렇게 믿는 거예요?"

"아니!"

나는 소리쳤습니다.

"아니, 아니야! 난 아무것도 믿지 않아. 네가 자꾸 방해를 해서 아무렇게나 대답한 거야. 너도 보다시피, 나는 지금 아주 중요한 일을 하는 중이라구!"

어린 왕자는 화들짝 놀라 나를 쳐다보았습니다.

"중요한 일이라구요?"

어린 왕자는 시커먼 기름투성이 손으로 수리에 열중하고 있는 나를 보고는 이렇게 중얼거렸습니다.

"아저씨도 어른들처럼 말하는군요!"

그 말을 듣고 나는 부끄러워졌습니다. 그러나 어린 왕자는 내 심정 따위는 안중에도 없는 듯 계속 말했지요.

"아저씨는 모든 걸 혼동하고 있어요. 완전 뒤죽박죽이죠."

어린 왕자는 성이 잔뜩 나서는 샛노란 금발을 바람에 휘날리며 말을 이었습니다.

"나는 얼굴이 시뻘건 어떤 신사가 살고 있는 별을 하나 알고 있어요. 그 신사는 꽃향기를 맡아 본 적이 없어요. 별을 본 일도 없구요. 또 누군가를 사랑해 본 일도 없죠. 그 신사는 온종일 계산만 하면서 살아요. 그리고 아저씨처럼 '나는 중요한 일을 하느라 너무 바쁘다.' 라는 말만 계속 하죠.

하지만 그건 사람이 아니고, 버섯이에요!"

"뭐라고?"

"버섯이라구요!"

어린 왕자의 얼굴은 너무 화가 나서 하얗게 질려 있었습니다.

"수백만 년 전부터 꽃은 가시를 만들어 왔어요. 그렇지만 양들이 꽃을 먹는 것도 수백만 년 전부터예요. 그러면 어째서 아무 소용도 없는 가시를 만드느라 꽃들이 그렇게 고생을 하는지 알아보는 게 중요한 일이 아니란 말이에요? 양과 꽃들의 전쟁이 중요하지 않단 말이에요? 그 뚱뚱하고 얼굴이 시뻘건 신사의 계산보다 더 중요하지 않단 말이에요? 그리고 내 별 말고는 아무 곳에서도 볼 수 없는, 세상에 단 하나뿐인 꽃을 어느 날 아침에 양들이 몽땅 먹어 치울 수도 있는데 그게 중요한 일이 아니란 말이에요?"

어린 왕자는 얼굴이 새빨개져서 다시 말을 이었습니다.

"수백만 개, 아니 수천만 개 별 중 하나의 별에서만 피는, 세상에 단 하나밖에 없는 꽃을 사랑하고 있는 사람은 그저 별들만 쳐다봐도 행복할 거예요. 속으로 '저기 어딘가에 내 꽃이 있겠지.' 하고 생각하면서……. 그런데 양이 그런 꽃을 먹어 치운다고 생각해 보세요. 그러면 그 사람은 마치 모든 별들이 갑자기 빛을 잃은 것처럼 느껴질 거예요……. 그런데도 그게 중요하지 않단 말이에요?"

어린 왕자는 더 이상 말을 잇지 못하고 갑자기 흐느껴 울기 시작했습니다.

해는 이미 지고 없었습니다. 나는 연장을 내려놓았습니다. 망치와 나사, 갈증과 죽음에 대한 생각은 나를 이미 떠나 있었지요. 다만 나는 이 태양계의 수많은 별 중 하나인 지구로 불시착한 어린 왕자에 대한 생각으로 가득 차 있었습니다. 나는 그를 감싸 안고 달래 주며 말했습니다.

"네가 사랑하는 꽃은 이제 위험하지 않아…… 네 양에다가 부리망(그물처럼 새겨 동물의 입에 덧씌우는 망)을 그려 줄게. 네 꽃에는 갑옷을 그려 주고, 또……"

나는 더 이상 무슨 말을 해야 할지 알 수 없었습니다. 위로의 말을 하는 데 나는 서툴었습니다. 어떻게 해야 작은 어린 왕자의 마음을 달래줄 수 있는지, 어떻게 해야 마음을 다시 붙잡을 수 있는지 알지 못했습니다. 눈물의 나라는 그토록 알 수 없는 곳이었습니다.

8

나는 얼마 후 그 꽃에 대해 좀더 알게 되었습니다. 어린 왕자의 별에는 꽃잎이 한 장만 있는 아주 소박한 꽃들이 있었는데, 그 꽃들은 별로 자리를 차지하지도 않고, 누군가를 귀찮게 하는 일도 없었지요. 어느 날 아침에 풀 속에서 조용히 피어났다가 저녁이면 지고 마는 것이었어요. 그런데 어느 날, 어딘가에서 바람에 날려 왔는지 처음 보는 씨앗이 싹을 피웠습니다. 그래서 어린 왕자는 이 낯선 싹을 주의해서 살펴보았지요. 혹시 바오밥나무의 새로운 종류일지도 몰랐기 때문입니다.

그러나 이 싹은 어느 날 성장을 멈추면서 꽃봉오리가 생겨났고, 어린 왕자는 점점 자라나는 꽃봉오리를 보면서 곧 어떤 기적이 생길지도 모른다고 생각했습니다. 하지만 그 꽃은 푸른 방에 숨어 아름다운 단장을 하기에 너무 바빴습니다. 정성껏 자신의 색을 고른 뒤, 천천히 옷을 입고, 꽃잎을 하나씩 가다듬었지요. 개양귀비꽃처럼 꾸깃꾸깃한 모습으로는 세상 밖으로 얼굴을 내밀기 싫었나 봅니다. 아름다움이 절정에 달했을 때 나오고 싶었던 거예요. 그렇습니다. 그 꽃은 정말 아름다운 꽃이었어요. 신비로운 단장은 이렇게 여러 날 계속 되었습니다.

그러던 어느 날 아침 해가 뜰 무렵이 되자 그 꽃은 활짝 피어났습니다.

그런데 그렇게 열심히 치장을 하고 피어난 꽃은 피곤한 듯 하품을 하며 이렇게 말했습니다.

"아아! 이제야 잠에서 깼어요…… 용서하세요…… 제 머리가 온통 엉망이라서……."

그 순간 어린 왕자는 감탄을 금할 수 없었습니다.

"당신은 정말 아름다워요."

"그렇지요? 전 해님과 함께 피어났어요……."

어린 왕자는 그 꽃이 그다지 겸손하지 않다는 것을 알 수 있었습니다. 그러나 마음을 흔들어 놓을 정도로 아름다운 꽃이었습니다.

"아침 식사시간인 것 같은데요."

꽃이 계속 해서 말했습니다.

"제가 뭘 필요로 하는지…… 친절을 베풀어 주실 수 있을까요?"

잠시 당황한 어린 왕자는 신선한 물이 담긴 물뿌리개를 찾아서 그 꽃의 시중을 들어 주었습니다.

그러나 그 꽃의 허영심은 이내 어린 왕자의 마음을 괴롭히기 시작했습니다. 하루는 자기의 몸에 있는 네 개의 가시에 대해 이야기하면서 어린 왕자에게 이런 말을 했습니다.

"호랑이들이 발톱을 내밀고 덤빌 테면 덤비라고 해요!"

어린 왕자는 이렇게 대꾸 했습니다.

"우리 별에는 호랑이가 없어요. 그리고 호랑이는 풀을 먹지 않아요!"

그러자 꽃은 상냥하게 대답 했습니다.

"나는 풀이 아니에요."

"미안해요……."

"나는 호랑이는 조금도 무섭지 않아요. 하지만 바람이 불어 대는 건 질색이에요. 바람막이가 없을까요?"

'바람이 질색이라니…… 풀한테는 안타까운 일이야. 아무튼 이 꽃은 정말 까다로워.'

어린 왕자는 차마 말은 못하고 속으로만 생각했습니다.

"저녁에는 유리관을 씌워 주세요. 당신 별은 지독히 춥군요. 설비도 엉성하구요. 내가 있던 곳은……."

그러나 꽃은 말을 잇지 못했습니다. 사실 그 꽃은 씨앗으로 왔기 때문에 다른 세계에 대해서는 아는 것이 없었기 때

문입니다. 이렇게 속이 뻔히 들여다보이는 거짓말을 한 게 민망했는지 꽃은 어린 왕자에게 잘못을 뒤집어씌우려고 감기에 걸린 것처럼 두세 번 기침을 했습니다.

"바람막이는 어떻게 됐어요?"

"가지러 가려던 참인데 당신이 말을 시키는 바람에!"

그러자 꽃은 어린 왕자가 미안해하도록 일부러 기침을 더 세게 했습니다. 그래서 어린 왕자는 사랑에서 우러나오는 착한 마음을 가졌으면서도 이내 그 꽃을 의심하게 되었습니다. 별것 아닌 말들을 어린 왕자는 심각하게 받아들였기 때문에 그는 불행했습니다.

하루는 어린 왕자가 내게 그런 속마음을 털어놓았습니다.

"그 꽃의 말을 듣지 않는 건데 그랬어요. 꽃이 하는 말을 절대로 듣지 말았어야 해요. 꽃은 그냥 바라보고, 향기를 맡는 거예요. 내 꽃은 내 별을 온통 향기로 뒤덮이게 해주었지만 나는 그걸 즐기지 못했어요. 그 발톱 이야기를 듣고 나는 무척 약이 올랐지만, 사실을 가엾다는 생각을 했어야 해요……."

또 이런 이야기도 했습니다.

"나는 그때 아무것도 이해하지 못했어요! 그 꽃이 하는 말로 판단할 게 아니라, 하는 일을 보고 판단해야 했어요. 내게 향기를 주고 나를 기분 좋게 해주었으니까요. 도망치지 말았어야 했어요. 그 서툰 오만함 뒤에 애정이 숨어 있는 걸 알아차렸어야 했어요. 꽃들은 자기 마음과 다른 말들을 무척 잘 하니까요. 그런데 난 너무 어려서 꽃을 사랑하는 방법을 몰랐던 거예요."

9

나는 어린 왕자가 철새들이 이동할 때를 이용해서 별을 빠져나왔다고 생각합니다. 길을 떠나던 날 아침, 그는 자기 별을 깨끗이 정리했지요. 불을 뿜는 화산을 정성들여 청소를 했는데, 어린 왕자에게는 활화산이 두 개 있었습니다. 그

리고 이것은 아침 식사를 데우는 데 매우 편리했습니다. 그에게는 불 꺼진 화산도 하나 있었지만, 그의 말처럼 '어떻게 될지는 알 수 없는 일이었어요.' 그래서 어린 왕자는 꺼진 화산도 청소해 주었지요. 화산들은 제대로 청소해 주기만 하면 폭발하지 않고 조용히 규칙적으로 불을 뿜습니다. 화산의 폭발이란 굴뚝의 불과 같습니다. 물론 지구에 사는 우리는 너무나 작아서 우리의 화산을 청소해 줄 수 없기 때문에 화산으로 인해서 많은 불행한 일을 당하는 것이지요.

어린 왕자는 좀 쓸쓸한 마음으로 나머지 바오밥나무의 싹도 뽑아 버렸습니다. 다시는 그 별로 돌아오지 못하리라 생각했던 것이지요. 그래서 그날 아침에는 늘 해 오던 이런 일에 더욱 애착이 갔습니다.

그리고 마지막으로 꽃에 물을 주고 유리관을 씌워 주려고 했을 때 그는 눈물이 쏟아지려고 했습니다.

"잘 있어!"

그러나 꽃은 대답이 없었습니다.

"잘 있어!"

그는 다시 한 번 말했습니다.

꽃은 기침을 했습니다. 그러나 이것은 감기 때문이 아니었습니다.

"나는 바보였어. 용서해 줘. 그리고 아무쪼록 행복하게 지내도록 해!"

마침내 꽃은 이렇게 말했습니다.

어린 왕자는 꽃이 악을 쓰거나 대들지 않는 것이 이상했습니다. 그는 유리관을 손에 든 채 어쩔 줄 모르고 우두커니 서 있었습니다. 꽃이 왜 이렇게 조용하고 아늑한 태도를 취하는지 그 이유를 알 수 없었습니다.

"그래, 난 너를 좋아해."

꽃은 이렇게 말했습니다.

"너는 몰랐지. 그건 내 탓이었어. 그렇지만 너도 나와 마찬가지로 어리석었어. 아무쪼록 행복하기를 빌게…… 그 유리관은 내버려 둬. 이젠 쓰기 싫어."

"그렇지만 바람이……."

"나는 그렇게 감기가 심하게 든 것도 아니야. 찬바람은 내게 이로울 거야. 나는 꽃이니까."

"하지만 벌레들이……."

"나비를 보려면 벌레 두세 마리쯤은 견뎌 내야 해. 나비는 참 아름다워. 나비가 아니면 누가 나를 찾아 주겠어. 너는 멀리 가 있을 거구. 큰 짐승들은 조금도 겁날 것 없어. 나는 발톱이 있으니까."

그러면서 꽃은 천연덕스럽게 네 개의 가시를 가리키면서
말을 이었습니다.

"그렇게 우물쭈물하고 있지 마. 속상하니까. 떠나기로 작
정했으면 빨리 떠나야 해!"

그 꽃은 울고 있는 자기 모습을 어린 왕자에게 보이고 싶
지 않았습니다. 마지막까지 자존심이 강한 꽃이었지요.

10

어린 왕자는 소혹성 325호, 326호, 327호, 328호, 329호,
330호 옆에 살고 있었습니다. 그래서 좀더 많은 것들을 배우
기 위해 가까운 별부터 둘러보기 시작했지요.

제일 먼저 찾아간 별에는 왕이 살고 있었습니다.

왕은 자주색 천과 흰 담비의 털로 만든 옷을 입고 소박하
면서도 위엄이 느껴지는 왕좌에 앉아 있었습니다.

"아! 신하가 한 명 왔구나."

왕은 어린 왕자를 보고 소리쳤습니다.

'나를 한 번도 본 적이 없는데 어떻게 나를 알아볼까?'

어린 왕자는 궁금한 생각이 들었습니다.

왕에게는 이 세상이 아주 간단하다는 것을 어린 왕자는 알지 못했습니다. 왕에게는 모든 사람이 다 신하라는 것을 말입니다.

"좀더 자세히 볼 수 있도록 이리 가까이 오너라."

왕은 누군가의 왕 노릇을 하게 된 것이 몹시도 자랑스러운 듯이 말했습니다.

어린 왕자는 앉을 자리를 둘레둘레 찾아보았지만 별은 왕의 으리으리한 흰 담비 모피의 망토로 전부 덮여 있었습니다. 그래서 서 있을 수밖에 없었고, 너무 피곤했기 때문에 하품이 나왔습니다.

"왕의 면전에서 하품을 하는 것은 예의에 벗어나는 일이다. 짐은 그런 행동을 금하노라."

왕이 말했습니다.

"하품을 안 할 수가 없어요. 머나먼 여행을 했구요. 또 잠을 못 잤거든요……."

어린 왕자는 당황해서 이렇게 대답했습니다.

"그러면 하품하기를 허락하노라. 짐은 몇 년째 하품하는 사람을 보지 못했노라. 짐에겐 하품하는 모습이 신기하게만 보이는구나. 자! 또 하품을 하여라. 이것은 명령이다."

"그렇게 말씀하시니 겁이 나서…… 하품을 더는 할 수가 없어요."

어린 왕자는 얼굴을 붉히며 말했습니다.

"흠! 흠! 그렇다면 짐은…… 네게 명하노니 어떤 때는 하품을 하기도 하고 또 어떤 때는……."

왕은 기분이 상했는지 말을 하다가 말았습니다.

왕은 무엇보다 자신의 권위가 존중되기를 원했습니다. 그는 불복종을 용납하지 않았거든요. 그는 절대군주였습니다. 하지만 매우 착한 사람이었기 때문에 이치에 맞는 명령을 내렸습니다.

그는 평소에 이렇게 말하곤 했습니다.

"만약에 짐이 어떤 장군더러 물새로 변하라고 명령했는데 장군이 이 명령에 복종하지 않는다면, 그것은 장군의 잘못이 아니라 짐의 잘못인 것이다."

어린 왕자는 조심스럽게 물었습니다.

"앉아도 괜찮을까요?"

"네게 앉기를 명하노라."

이렇게 대답하며 왕은 흰 담비 모피로 만든 망토 자락을 점잖게 끌어올렸습니다.

그러나 어린 왕자는 이상한 생각이 들었습니다.

'이 별은 아주 조그만데, 대체 이 왕은 무엇을 다스린다는 거지?'

"폐하…… 여쭈어 볼 것이 있는데요……."

"질문하기를 명하노라."

왕이 재빨리 말했습니다.

"폐하께서는 무엇을 다스리시나요?"

"모든 것!"

왕은 아주 간단히 대답했습니다.

"모든 것을요?"

왕은 손을 약간 들어 자기 별과 다른 모든 별들, 그리고
나머지 떠돌이별들을 가리켰습니다.

48

"이것들 전부요?"

어린 왕자가 물었습니다.

"이 모든 것을……."

그는 절대군주일 뿐만 아니라 모든 우주의 왕이었던 것입니다.

"그러면 별들이 폐하의 명령에 복종하나요?"

"물론이다. 바로 복종하느니라. 짐은 규율을 어기는 것을 용납하지 않는다."

어린 왕자는 왕의 권력에 감탄했습니다. 자기에게도 그런 권력이 있다면 의자를 뒤로 물리지 않고도 석양을 하루에 마흔네 번이 아니라 일흔두 번 아니, 백 번, 이백 번도 구경할 수 있을 거라는 생각이 들었습니다. 그러자 어린 왕자는 자신이 떠나 온 작은 별이 떠올라서 약간 서글퍼졌습니다. 그래서 용기를 내어 왕에게 한 가지 청을 했습니다.

"저는 해가 지는 풍경을 보고 싶어요…… 저에게 친절을 베풀어 주세요……해가 지라고 명령해 주세요……."

"만약에 짐이 어떤 장군더러 나비처럼 이 꽃에서 저 꽃으로 날아다니라거나, 비극을 한 편 쓰라거나, 바닷새로 변하라고 명령했는데 장군이 명령을 수행하지 못했다면 장군과 짐 둘 중에 누구의 잘못이겠는가?"

"폐하의 잘못이에요."

어린 왕자는 당돌하게도 이렇게 대답했습니다.

"옳도다. 각자에게 그들이 할 수 있는 것을 요구해야 하느니라. 권위란 우선 그 터전을 이치에 맞도록 세워야 한다. 만약에 너의 백성에게 바다에 빠지라고 명령을 한다면 그들은 반란을 일으킬 것이로다. 짐이 복종을 요구할 권리가 있음은 짐의 명령이 이치에 맞는 까닭이다."

"그러면 제가 부탁드린 석양은요?"

한 번 물어 본 것은 잊어버리는 일이 없는 어린 왕자는 다시 물었다.

"너는 해지는 것을 구경할 것이다. 짐은 그것을 명령할 것이다. 그러나 짐의 통치관에 따라 조건이 갖추어지기를 기다려야 한다."

"언제 조건이 갖추어지나요?"

어린 왕자가 물었습니다.

왕은 우선 커다란 달력을 보고 나서 대답했습니다.

"흠, 흠! 그것은…… 그것은…… 오늘 저녁 일곱 시 사십 분경일 것이로다! 짐의 명령이 얼마나 잘 이행되는지 너는 보게 될 것이다."

어린 왕자는 하품을 했습니다. 석양을 못 보게 되어 섭섭했습니다. 그리고 어느새 지루해졌습니다.

어린 왕자는 왕에게 말했습니다.

"여기서는 할 일이 아무것도 없으니 저는 다시 떠나겠어요."

신하를 한 사람 갖게 된 것이 몹시 자랑스러웠던 왕은 대답했습니다.

"떠나지 말라. 떠나지 말라. 짐은 너를 장관으로 삼으리라."

"무슨 장관이요?"

"법…… 법무장관!"

"그렇지만 재판을 받을 사람이 아무도 없는데요!"

"알 수 없는 일이다. 짐은 아직 나라를 순시한 일이 없노라. 짐은 매우 연로하고, 수레를 타고 다닐 자리도 없고, 그렇다고 걸어 다니면 피곤해지노라."

"오! 그렇지만 저는 벌써 다 봤어요."

어린 왕자는 허리를 굽혀 별 저쪽을 다시 한 번 둘러보며 말했습니다.

"저쪽에도 아무도 없어요……."

"그러면 네 자신을 심판하거라. 이것이 가장 어려운 일이다. 남을 심판하기보다 자기 자신을 심판하는 것이 훨씬 더 어려운 것이니라. 네가 네 자신을 제대로 심판할 수 있다면 너는 진정 지혜로운 사람이 되는 것이다."

왕이 대답했습니다.

"저는 아무데서나 저 자신을 심판할 수 있어요. 여기서 살 필요가 없어요."

어린 왕자가 말했습니다.

"에헴! 에헴! 짐의 별 어디엔가 늙은 쥐 한 마리가 있는 것 같다. 밤에 그 쥐가 다니는 소리가 들리노라. 네게는 그 늙은 쥐를 심판할 자격이 있다. 그러니 이따금 그 쥐를 사형에 처하도록 해라. 그러면 쥐의 생명이 네 재판에 달려 있는 것이리라. 하지만 매번 그 쥐를 특별 사면하도록 해라. 쥐는 한 마리밖에 없으니까."

왕이 대답했습니다.

"저는 사형을 내리기 싫어요. 아무래도 저는 떠나야겠어요."

어린 왕자가 대답했습니다.

"아니로다."

왕이 말했습니다.

어린 왕자는 떠날 준비가 다 되었지만, 나이 많은 왕을 조금이라도 섭섭하게 하고 싶지는 않았습니다.

"폐하의 명령이 모두 지켜지길 원하신다면 제게 이치에 맞는 명령을 내리세요. 가령 일 분 안에 이 별을 떠나라고 명령하세요. 제 생각에는 지금이 딱 좋은 조건인 것 같아요."

어린 왕자는 왕이 아무 대답도 하지 않자 잠시 망설이다가 한숨을 쉬며 길을 떠났습니다.

"짐은 너를 장관으로 임명하노라."

왕은 재빨리 소리쳤습니다. 그는 잔뜩 위엄을 부렸습니다.

'어른들은 정말 이상하지.'

어린 왕자는 길을 떠나며 마음속으로 생각했습니다.

II

두 번째로 찾아간 별에는 허영꾼이 살고 있었습니다.

"오! 오! 숭배자 한 명이 나를 찾아오는구나!"

허영꾼은 어린 왕자를 보자마자 멀리서부터 소리쳤습니다. 왜냐하면 허영꾼은 다른 사람들이 무조건 자신을 찬양하는 것처럼 느끼기 때문입니다.

"안녕, 아저씨! 모자가 참 이상하게 보여요."

어린 왕자가 말했습니다.

"이것은 인사하기 위해 쓴 거야."

허영꾼이 대답했습니다.

"사람들이 내게 갈채를 보낼 때마다 답례로 인사를 하기 위해 쓴 거야. 그런데 불행하게도 이리로 지나가는 사람이 아무도 없단 말야."

"아 그래요?"

어린 왕자는 그의 말을 알아듣지 못했으면서도 그냥 대답했습니다. 그러자 허영꾼이 말했습니다.

"두 손을 마주 쳐라."

어린 왕자가 손뼉을 치자 허영꾼이 모자를 벗어 들고 공손히 인사를 했습니다.

"이건 왕을 방문했을 때보다 더 재미있는데."

어린 왕자는 이렇게 중얼거렸습니다.

그리고 어린 왕자는 다시 박수를 치기 시작했습니다. 그러자 허영꾼은 또 모자를 벗어 들고 점잖게 답례를 했습니다.

어린 왕자는 5분쯤 박수를 치고 나자 시시한 생각이 들면서 싫증이 났습니다. 그래서 어린 왕자는 이렇게 물었습니다.

"그런데 어떻게 하면 모자가 떨어져요?"

그러나 허영심 많은 사람은 어린 왕자의 말을 듣지 못했습니다. 허영꾼의 귀에는 칭찬 외에는 아무것도 들리지 않는 법이지요.

"너는 진심으로 나를 찬양하니?"

그는 어린 왕자에게 이렇게 물었습니다.

"찬양한다는 게 무슨 말이에요?"

"찬양한다는 것은 내가 이 별에서 가장 잘 생기고, 가장 옷을 잘 입고, 누구보다 돈이 가장 많고, 최고로 똑똑하다는 것을 인정한다는 것이다."

"그렇지만 이 별에는 아저씨 혼자만 있잖아요!"

"나를 즐겁게 해다오. 그리고 나를 찬양해다오!"

"아저씨를 찬양해요."

어린 왕자는 어깨를 으쓱하더니 물었습니다.

"하지만 이런 게 다 무슨 소용이에요?"

어린 왕자는 그 별을 떠나 다시 여행길에 오르며 생각했습니다.

'어른들은 정말 이상하다니까.'

12

세 번째로 방문한 별에는 술주정꾼이 살고 있었습니다. 그 별에는 아주 잠깐만 머물렀지만 어린 왕자의 마음을 몹시 우울하게 했습니다.

"아저씨, 거기서 뭘 하세요?"

빈 병 한 무더기와 술이 가득한 병 한 무더기를 앞에 놓고 우두커니 앉아 있는 술주정꾼을 보고 어린 왕자가 물었습니다.

"술을 마신다."

술주정꾼은 몹시 침울한 얼굴로 대답했습니다.

"술은 왜 마셔요?"

어린 왕자가 물었습니다.

"잊어버리려고 마시지."

술주정꾼이 대답했습니다.

"무얼 잊어버려요?"

어린 왕자는 벌써 그 술주정꾼이 측은하게 생각되었습니다.

"부끄러운 걸 잊어버리려고 그러지."

술주정꾼은 고개를 숙이며 대답했습니다.

"뭐가 부끄러운데요?"

어린 왕자는 그를 구원해 주고 싶다는 생각이 들어 다시 물었습니다.

"술 마시는 게 부끄럽지!"

술주정꾼은 이렇게 말하고 다시는 입을 열지 않았습니다.

어린 왕자는 어쩔 줄 모르며 그 별을 떠났습니다. 다시 여행길에 오른 어린 왕자는 생각했습니다.

'어른들은 정말이지 너무너무 이상해.'

13

네 번째로 찾아간 별에는 사업가가 살고 있었습니다. 이 사람은 무엇이 그렇게 바쁜지 어린 왕자가 왔는데도 고개조차 들지 않았습니다.

"안녕, 아저씨. 담뱃불이 꺼졌어요."

어린 왕자가 말했습니다.

"셋에다 둘을 보태면 다섯, 다섯에 일곱이면 열둘, 열둘에 셋을 더하면 열다섯이라. 안녕! 열다섯에다 일곱 하면 스물둘, 스물둘에다 여섯 하니 스물여덟. 담배에 새로 불을 붙일 시간도 없구나. 스물여섯에 다섯을 보태면 서른하나라. 휴우, 그러니까 오억 일백육십이만 이천칠백삼십일이 되는구나."

"무엇이 오억이에요?"

"응? 너 아직도 거기 있었니? 저어……오억 일백……잊어버렸군……하도 일이 많아서 말이지. 나는 착실한 사람이야. 쓸데없는 짓은 하지 않아! 둘과 다섯이면 일곱……."

"무엇이 5억이란 말이에요?"

한 번 물어 본 말은 결코 그냥 지나치지 않는 어린 왕자는 다시 물었습니다.

사업가가 고개를 들었습니다.

"내가 쉰하고도 네 해째 이 별에서 살고 있지만 방해를 받기는 이번에 세 번째야. 첫 번째는 스물 두해 전인데 어디선지 풍뎅이가 한 마리 떨어졌지. 그놈이 어찌나 요란스럽게 소리를 내는지 계산을 하다가 네 번이나 틀렸단다. 두 번째는 십일 년 전에 신경통이 도졌을 때야. 나는 운동부족이지. 산보할 시간이 없으니까 말이야. 그리고 바로 세 번째가…… 바로 너다! 가만있자, 오억 일백만…… 이라고 했겠다……."

"무엇이 오억 일백만이란 말이에요?"

사업가는 조용히 일하기 틀렸다는 것을 깨달았다.

"종종 하늘에서 볼 수 있는 조그만 것들 말이다."

"파리요?"

"천만에! 반짝반짝 빛나는 조그만 것들 말이야."

"꿀벌이요?"

"아니라니까! 게으름뱅이들을 공상에 빠지게 하는 조그
맣고 반짝반짝 빛나는 것들 말이다. 하지만 난 아주 중요한
일을 하는 사람이지. 공상에 잠길 시간이 없단 말이야."

"아! 별들이요?"

"그래, 별들이지."

"그럼 아저씨는 오억 개나 되는 별을 가지고 무얼 하세
요?"

"오억 일백육십이만 이천이백삼십일 개야. 나는 중요한
일을 하는 아주 정확한 사람이야."

"그래서 아저씨는 그 별을 가지고 무엇을 하려는 건데
요?"

"무엇을 하느냐고?"

"네."

"하긴 뭘 해? 그걸 차지하는 거지."

"아저씨가 별을 차지하고 있어요?"

"그럼."

"그렇지만 난 이미 왕을 만났는데 그분은……."

"왕들은 차지하는 것이 아니라 '다스리는 것'이다. 그건 아주 다른 거야."

"그럼 별을 차지하는 게 아저씨한테 무슨 소용이에요?"

"내가 부자가 되는 데 소용이 있지."

"그럼 부자는 또 무슨 소용이 있어요?"

"부자는 다른 별을 발견하면 그걸 또 살 수가 있지."

사업가의 말을 듣고 어린 왕자는 생각했습니다.

'이 사람도 술주정꾼과 비슷한 말을 하는구나.'

그러나 어린 왕자는 다시 이렇게 물었습니다.

"어떻게 별을 차지할 수 있어요?"

"별들이 누구의 것이냐?"

사업가는 투덜거리며 물었습니다.

"몰라요. 누구의 것도 아니에요."

"그러니까 내 거야. 내가 제일 먼저 그걸 생각했으니까 말이야."

"그러면 다 되는 거예요?"

"그럼 물론이지. 네가 임자 없는 다이아몬드를 얻으면 그 다이아몬드는 네 것이지. 임자 없는 섬을 네가 발견하면 그 섬이 네 것이 되지. 네가 무슨 생각을 맨 처음으로 하고 거기에 대해서 특허를 내면 네 것이지. 그 생각은 네 것이니까. 마찬가지로 별을 차지할 생각을 나보다 먼저 한 사람이 없으니까 별들이 내 차지가 된단 말이다."

"그렇군요. 그런데 아저씨는 그걸로 뭘 할 거예요?"

어린 왕자가 말했습니다.

"그걸 관리한다. 그 별들을 세고 또 세는 거지. 그건 아주 어려운 일이야. 하지만 난 아주 중요한 일을 하고 있는 사람이니까."

어린 왕자는 그래도 만족하지 않았습니다.

"난 목도리가 있으면 그걸 목에 두르거나, 가지고 다닐 수가 있어요. 또 꽃이 있으면 그걸 따서 가지고 다닐 수도 있고. 그렇지만 아저씨는 별을 딸 수도 없잖아요."

"그럴 수는 없지. 하지만 나는 그것을 은행에 맡길 수가 있다."

"그건 또 무슨 말이에요?"

"조그만 종이에다 내 별의 수를 적어서 서랍에 넣고 잠근단 말이다."

"그뿐이에요?"

"그뿐이지."

어린 왕자는 생각했습니다.

'그거 재미있다. 꽤 시적인데. 그렇지만 그리 중요한 일

은 아니야.'

어린 왕자는 중요한 일이라는 것에 대해서 어른들과는 아주 다른 생각을 가지고 있었습니다.

"나는 매일 물을 주는 꽃이 하나 있어요. 또 일주일에 한 번씩 청소해 주는 화산이 세 개 있구요.(불 꺼진 화산을 청소하는지 아무도 모를 거예요.) 내가 화산하고 꽃의 주인이라는 건 화산과 꽃한테 도움이 되는 일이에요. 하지만 아저씨는 별들에게 도움을 주는 게 하나도 없어요."

사업가는 입을 열었지만 마땅한 대답이 떠오르지 않았습니다. 그리고 어린 왕자는 다시 그 별을 떠났습니다.

'어른들은 정말이지 아주 이상해.'

어린 왕자는 여행길에 오르며 생각했습니다.

14

다섯 번째로 찾아간 별은 아주 이상한 곳이었습니다. 아주 작은 별이어서 그저 가로등 하나와 그 가로등을 켜는 사람 한 명이 있을 자리밖에 없었습니다. 하늘 한구석에 집도 없고, 사람도 없는 별에 가로등과 가로등 켜는 사람이 무슨 소용이 있는지 어린 왕자는 이해할 수가 없었습니다. 그러나 그는 이런 생각을 했습니다.

'이 사람이 어리석은 사람인지는 모르겠지만, 그래도 왕이나 허영꾼, 술주정꾼, 사업가보다는 덜 어리석겠지. 적어도 그가 하는 일은 뜻있는 일이니까. 그가 가로등을 켜면 꽃이나 별은 꿈나라로 가는 거야. 이건 아주 아름다운 일이야. 아름다우니까 정말로 이로운 일이지.'

어린 왕자는 그 별에 발을 들여놓으며 가로등 켜는 사람에게 공손히 인사를 했습니다.

"안녕, 아저씨! 왜 방금 가로등을 껐어요?"

"그건 명령이야. 안녕!"

가로등 켜는 사람이 대답했습니다.

"명령이 뭐예요?"

"가로등을 끄라는 명령이지. 잘 자거라."

그러고 나서 다시 가로등을 켰습니다.

"그런데 왜 가로등을 다시 켜세요?"

"명령이니까."

가로등 켜는 사람이 대답했습니다.

"이해가 안 돼요."

어린 왕자가 말했습니다.

"이해 못할 건 없지. 명령은 명령이니까. 잘 잤니?"

그는 다시 그의 가로등을 껐습니다. 그런 다음 붉은 바둑

64

판무늬손수건으로 이마의 땀을 닦았습니다.

"난 정말 힘든 직업을 가졌어. 전에는 괜찮았단다. 아침에는 가로등을 끄고 저녁에는 켜고 했었지. 그리고 나머지 낮 동안에는 쉴 수도 있고 나머지 밤 시간에는 잘 수도 있었으니까……."

"그럼 그 뒤로 명령이 바뀌었나요?"

"명령이 바뀌지 않았단다. 그런데 그게 바로 비극이지. 이 별은 해마다 자꾸자꾸 더 빨리 도는데 명령은 그대로 있으니 말이다!"

가로등 켜는 사람이 말했습니다.

"그래서요?"

어린 왕자가 물었습니다.

"지금은 별이 일 분에 한 바퀴씩 도니 이제 일 초도 쉴 시간이 없단 말이다. 일 분에 한 번씩 켜고 끄고 하니까!"

"그거 참 이상하네요! 아저씨네 별에서는 하루가 일 분이라니!"

"조금도 이상할 것 없다. 우리가 말하는 사이에도 벌써 한 달이 지났으니."

가로등 켜는 사람이 말했습니다.

"한 달이요?"

"그렇지, 삼십 분이니 삼십 일이지! 잘 자거라."

그리고 다시 불을 켰습니다.

어린 왕자는 가로등 켜는 사람을 바라보았습니다. 그리고 명령에 이토록 충실한 사람이 좋아졌습니다. 어린 왕자는 예전에 의자를 끌어당겨 석양을 보던 일이 생각났습니다. 그래서 가로등 켜는 사람을 도와주고 싶어졌지요.

"저기요…… 아저씨가 쉬고 싶을 때 쉴 수 있는 방법을 알려 드릴까요……."

"나야 당연히 쉬고 싶지!"

가로등 켜는 사람이 말했습니다.

명령을 충실히 수행하면서도 게으름을 부릴 수도 있는 방법이 떠오른 어린 왕자는 말을 이었습니다.

"아저씨 별은 하도 작아서 세 발자국이면 한 바퀴 돌 수가 있어요. 그러니까 언제든지 해를 볼 수 있게 천천히 걷기만 하면 돼요. 아저씨가 쉬고 싶을 때는 걸으면 되는 거죠…… 그러면 아저씨가 원하는 만큼 낮이 계속 될 거예요."

가로등 켜는 사람이 말했습니다.

"그건 내게 별로 도움이 안 돼. 내가 하고 싶은 것은 잠을 자는 것이니까."

가로등 켜는 사람이 말했습니다.

"안됐군요."

어린 왕자가 말했습니다.

"안된 일이지, 잘 잤니?"

그리고 가로등을 껐습니다.

어린 왕자는 다시 길을 가며 이런 생각을 했습니다.

'이 사람은 왕이나 허영꾼, 술주정꾼, 사업가에게 모두 멸시를 당할 거야. 그러나 우스꽝스럽게 생각되지 않는 사람은 이 사람 하나뿐이네. 그건 아마 자기를 위한 일이 아닌 다른 일을 하고 있기 때문일 거야.'

어린 왕자는 애석한 나머지 한숨을 내쉬며 또 이런 생각도 했습니다.

'내가 친구로 삼을 만한 사람은 그 사람 하나뿐이었는데. 그렇지만 그 별은 너무나 작아서 둘이 함께 있을 자리가 없어……'

어린 왕자가 차마 고백을 못 하는 것은 하루 동안에 해가 1,440번이나 지는 것 때문에 이 복 받은 별을 못 잊는다는 사실이었습니다.

15

여섯 번째로 찾아간 별은 열 배나 더 큰 별이었습니다.

거기에는 엄청나게 큰 책을 쓰고 있는 할아버지가 한 분 살고 있었습니다.

"야! 탐험가가 왔다!"

어린 왕자를 보자 노인은 소리쳤습니다. 어린 왕자는 탁자 위에 앉아서 숨을 약간 몰아쉬었습니다. 긴 여행을 했으니까요.

"너는 어디서 오니?"

노인이 물었습니다.

"이 큰 책은 뭐예요? 할아버지는 여기서 무얼 하세요?"

어린 왕자는 말했습니다.

"나는 지리학자다."

노인이 말했습니다.

"지리학자가 뭔데요?"

"바다가 어디 있고, 강이 어디 있고, 도시와 산과 사막이 어디 있는지를 알아내는 학자지."

노인이 대답했습니다.

"그거 참 재미있네요. 이제야 정말 직업다운 직업을 가진 분을 만났네요!"

어린 왕자는 지리학자의 별을 한 바퀴 둘러보았습니다. 그가 본 별 중에 가장 훌륭한 별이었습니다.

"할아버지의 별은 참 아름다워요. 여기엔 큰 바다도 있나

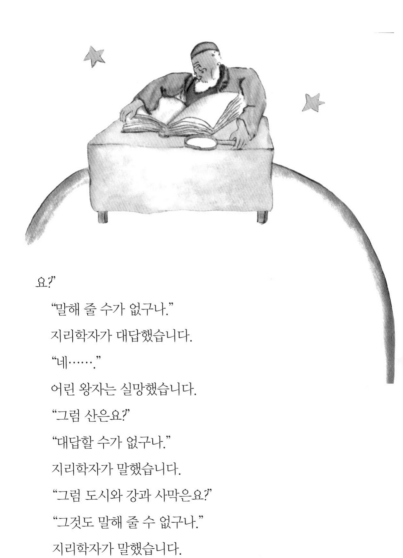

요?"

"말해 줄 수가 없구나."

지리학자가 대답했습니다.

"네……."

어린 왕자는 실망했습니다.

"그럼 산은요?"

"대답할 수가 없구나."

지리학자가 말했습니다.

"그럼 도시와 강과 사막은요?"

"그것도 말해 줄 수 없구나."

지리학자가 말했습니다.

"할아버지는 지리학자라면서요!"

"그렇다. 그러나 나는 탐험가는 아니거든. 내게는 탐험가가 한 명도 없단 말이야. 지리학자는 도시나 강, 산이나 바다, 또는 태양이나 사막들을 조사하러 돌아다니지는 않아. 지리학자는 아주 중요한 사람이니까, 돌아다닐 수가 없지. 서재를 떠나지 못해. 그러나 서재에서 탐험가들을 만나기는 하지. 탐험가들에게 여러 가지를 물어 본 뒤에 그것들을 기록해 둔단다. 그러다가 흥미로운 이야기를 하는 사람이 있으면 지리학자는 그 탐험가의 인격과 도덕성을 조사하지."

"그건 왜요?"

"만일 탐험가가 거짓말을 하면 지리책에 커다란 착오를 일으킬 테니까. 또 술을 너무 마시는 탐험가도 그렇고."

"그건 어째서요?"

어린 왕자가 말했습니다.

"주정뱅이들은 사물을 두 개로 보니까 그렇지. 그렇게 되면 지리학자는 산이 하나밖에 없는 곳에다 둘로 적어 놓을 수도 있거든."

"나는 탐험가로 적당하지 않은 사람을 한 명 알고 있어요."

어린 왕자가 말했습니다.

"그래. 그래서 탐험가의 인격이나 도덕성이 훌륭하면 우리는 그가 발견한 것에 대해 조사를 한다."

"보러 가나요?"

"아니. 그러면 일이 너무 복잡해져. 탐험가더러 증거물을 내보이라고 한다. 가령 큰 산을 발견했다면 거기에 있는 큰 돌들을 가져오라고 요구하지."

그런데 지리학자가 갑자기 흥분했습니다.

"그런데 너는 멀리서 왔지? 탐험가지? 네가 살던 별이 어떤 별인지 이야기를 해다오."

그러면서 지리학자는 노트를 펼치더니 연필을 깎았습니다. 탐험가의 이야기는 우선 연필로 적어 두기 때문이었죠. 탐험가가 증거물을 내 놓아야 잉크로 기록했습니다.

"자, 시작해 볼까?"

지리학자는 말을 재촉했습니다.

"오오, 제 별은 흥미로운 곳이 못 돼요. 아주 조그마한 별이에요. 화산이 셋 있는데 둘은 불을 뿜는 화산이고, 하나는 죽은화산이지요. 그렇지만 어떻게 될지 알 수 없어요."

"그래, 언제 어떻게 될지 알 수 없지."

지리학자가 말했습니다.

"꽃도 하나 있어요."

"우리는 꽃은 기록하지 않는다."

지리학자가 말했습니다.

"어째서요? 제일 예쁜 건데요!"

"꽃들은 일시적인 존재니까 그렇지."

"일시적인 존재라는 건 무슨 뜻이에요?"

"지리책은 모든 책 중에서 가장 귀한 책이다. 그것은 절대로 시대에 뒤떨어지는 법이 없지. 산이 자리를 옮기는 건 아주 드문 일이고, 큰 바다의 물이 말라 버리는 것도 아주 드문 일이야. 우리는 변치 않는 것만 기록한단다."

"그렇지만 꺼진 화산도 다시 불을 뿜을 수 있어요."

어린 왕자가 말을 가로챘습니다.

"그런데 일시적인 존재라는 건 무슨 뜻이에요?"

"화산이 꺼졌건 불을 뿜건 우리에게는 모두 마찬가지란다. 우리에게 중요한 것은 산이야. 그것은 변하지 않으니까."

"그런데 일시적인 존재라는 건 무슨 말이에요?"

한번 물어 본 것은 절대 그냥 지나치는 법이 없는 어린 왕자는 다시 물었습니다.

"그것은 '오래지 않아 사라질 염려가 있는 것'이란 말이다."

"내 꽃이 오래지 않아 사라질 염려가 있어요?"

"물론이지."

어린 왕자는 생각했습니다.

'내 꽃은 머지않아 사라질 존재구나. 외부의 적을 막기 위해 네 개의 가시만 갖고 있는 꽃인데. 나는 그런 꽃을 내

별에 혼자 버려두고 온 거야.'

어린 왕자가 처음으로 후회하는 순간이었습니다. 그러나
그는 다시 용기를 냈습니다.

"제가 어느 곳으로 가는 게 좋을까요?"

어린 왕자가 물었습니다.

"지구라는 별이 있는데, 그 별은 평판이 좋단다."

이렇게 해서 어린 왕자는 별에 두고 온 자신의 꽃을 생각
하면서 다시 길을 떠났습니다.

16

일곱 번째로 찾아간 별은 지구였습니다.

지구는 시시한 별이 아니었습니다. 거기에는 왕이 111명, 지리학자가 7천 명, 술주정꾼이 750만 명, 허영꾼이 3억 1,100만 명, 사업가가 90만 명, 즉 20억 가량 되는 어른들이 살고 있었습니다.

전기를 발명하기 전까지 6대주를 통틀어 가로등에 불을 켜는 사람이 46만 2,511명이나 되었다는 사실을 말하면 지구가 얼마나 큰지 짐작할 수 있을 것입니다.

좀 떨어진 곳에서 보면 그것은 정말 찬란한 광경이었습니다. 이 무리의 움직임은 마치 오페라 발레단의 동작처럼 질서정연했습니다. 우선 뉴질랜드와 오스트레일리아의 가로등 켜는 사람들이 나타나서 이들이 등불을 켜고 자러 가면 이번에는 중국과 시베리아의 가로등 점화하는 사람들이 무대에 나왔습니다. 그리고 이들 역시 무대 뒤로 사라지면 다음은 러시아와 인도의 가로등 켜는 사람들이 나타났습니다. 그 다음은 아프리카와 유럽, 다음은 남아메리카, 그리고 북아메리카, 이런 차례였습니다. 이들은 무대에 들어서는 순간을 한 번도 틀리지 않았습니다. 그것은 정말 웅장하고

장엄한 광경이었습니다.

　다만, 북극과 남극에 하나밖에 없는 가로등 켜는 사람만이 한가하고 마음 편한 생활을 하고 있었습니다. 그들은 1년에 두 번만 일을 하면 됐거든요.

17

　재치를 부리려다 보면 간혹 거짓말을 하는 수가 있습니다. 내가 말한 가로등 켜는 사람들 이야기는 아주 정직한 것은 아닙니다. 잘 모르는 사람들에게는 지구에 대해서 잘못된 생각을 갖게 할 염려가 있습니다. 사람들은 지구 위의 아주 작은 부분만 차지하고 있습니다. 지구에 사는 20억의 사람들을 무슨 집회 때처럼 촘촘히 줄을 세운다면 사방 20마일인 광장에 넉넉히 들어갈 수 있을 것입니다. 아니면 태평양의 아주 조그만 섬에 모두 들어가게 할 수도 있을 것입니다.

　물론 어른들은 이 말을 믿지 않을 것입니다. 어른들은 자신들이 자리를 훨씬 더 많이 차지하고 있는 줄로 생각하니까요. 마치 바오밥나무처럼 아주 커다랗다고 생각합니다. 그러니까 어른들보고 계산을 좀 해보라고 해야 합니다. 어른들은 숫자를 대단히 좋아하니까 그렇게 하면 만족해 할 것입니다. 그러나 여러분은 이 문제를 푸느라고 시간을 낭비할 필요는 없습니다. 그것은 쓸 데 없는 짓이니까요. 그냥 내 말을 믿으면 됩니다.

지구에 도착한 어린 왕자는 아무도 만날 수 없어 정말 이상했습니다. 그래서 다른 별을 잘못 찾아온 게 아닌가 하는 생각을 했습니다. 그런데 그때 모래에서 달빛 같은 고리가 움직이는 것이 보였습니다.

"안녕."

어린 왕자는 혹시나 하는 마음으로 인사를 했습니다.

"안녕."

뱀이 대답했습니다.

"내가 지금 도착한 이 별이 무슨 별이니?"

어린 왕자가 물었습니다.

"지구야, 여기는 아프리카고."

뱀이 대답했습니다.

"그래, 그럼 지구에는 사람이 하나도 없니?"

"여기는 사막이야. 사막에는 사람이 없지. 그렇지만 지구는 아주 넓어."

뱀이 대답했습니다.

어린 왕자는 돌 위에 앉아 하늘을 쳐다보며 말했습니다.

"별들이 저렇게 빛나는 건 사람들이 언제든 자기의 별을 찾을 수 있게 하려는 걸까? 내 별을 봐. 바로 우리 머리 위에 있어……. 하지만 너무 멀리 있지!"

뱀이 물었습니다.

"예쁜 별이로구나, 그런데 넌 여기 왜 왔니?"

어린 왕자가 대답했습니다.

"난 어떤 꽃하고 말썽이 생겼단다."

뱀이 말했습니다.

"그래?"

그리고 그들은 말이 없었습니다.

얼마 후 어린 왕자가 다시 말했습니다.

"사람들은 어디 있니? 사막에선 좀 외롭구나……."

"사람들 사이에 있어도 외로울 거야."

뱀이 대답했습니다.

어린 왕자는 뱀을 한참 바라보다가 말했습니다.

"너는 참 이상하게 생긴 짐승이다. 손가락같이 가느다랗기만 하구나."

"하지만 난 왕의 손가락보다도 강하단다."

뱀이 말했습니다.

어린 왕자는 빙그레 웃으며 말했습니다.

"그렇게 무섭지도 않은데…… 넌 발도 없고…… 여행도

못하잖아……."

"난 배보다 더 멀리 너를 데리고 갈 수가 있어."

뱀은 어린 왕자의 발목을 금팔찌 모양으로 휘감으며 이런 말을 했습니다.

"내가 건드리는 사람은 자기가 나왔던 땅으로 돌아가게 되지. 하지만 너는 순진하고 또 별에서 왔으니까……."

어린 왕자는 아무 대답도 하지 않았습니다.

"그렇게도 연약한 네가 모래투성이의 땅 위에 있는 것을 보니 가엾은 생각이 드는구나. 네 별이 그렇게 그리우면 내가 언제든지 너를 도와줄 수 있어. 나는……."

"그래, 잘 알았어. 그런데 너는 어째서 수수께끼 같은 말만 하니?"

어린 왕자가 말했습니다.

"난 그걸 모두 풀어 주지."

뱀이 말했습니다. 그리고 그들은 또 말이 없었습니다.

18

어린 왕자는 사막을 가로질러 갔습니다. 그러다 꽃 한 송이를 발견했습니다. 꽃잎이 세 개인 아주 소박한 꽃이었습니다.

“안녕.”

어린 왕자가 말했습니다.

“안녕.”

꽃이 대답했습니다.

“사람들은 어디 있니?”

어린 왕자가 공손하게 물었습니다.

이 꽃은 예전에 상인의 무리가 지나가는 것을 본 일이 있었습니다.

“사람들? 예닐곱 명쯤 있어. 몇 해 전엔가 그 사람들을 봤거든. 그런데 어디로 가야 그들을 만날 수 있는지는 도무지 알 수가 없어. 바람 따라 돌아다니니까. 사람들은 뿌리가 없

지. 그래서 많이 불편할 거야."

"잘 있어."

어린 왕자가 말했습니다.

"잘 가."

꽃이 말했습니다.

19

어린 왕자는 높은 산 위로 올라갔습니다. 그가 아는 산이라고는 단지 무릎까지 오는 세 개의 화산밖에 없었습니다. 그리고 그중 불 꺼진 화산은 의자로 사용했지요. 그래서 그는 '이렇게 높은 산에서는 한눈에 지구 전체와 사람들을 다 볼 수 있겠지…….' 라고 생각했습니다.

그러나 그가 본 것은 바늘 끝처럼 뾰족뾰족한 바위산 봉우리들뿐이었습니다.

"안녕."

그는 무작정 말했습니다.

"안녕…… 안녕…… 안녕……."

메아리가 대답했습니다.

"누구니?"

어린 왕자가 말했습니다.

"누구니…… 누구니…… 누구니……."

메아리가 대답했습니다.

"나하고 친하게 지내자. 나는 외로워."

어린 왕자가 말했습니다.

"나는 외로워…… 나는 외로워…… 나는 외로워……."

메아리가 또 대답했습니다.

그래서 어린 왕자는 이런 생각을 했습니다.

'이상한 별이야! 아주 메마르고 몹시 뾰족뾰족하고 험하고, 무서워 보여. 게다가 사람들은 도통 상상력이 없어. 남의 말만 되풀이하고……. 내 별에는 꽃이 하나 있지만 그 꽃은 언제나 말을 먼저 걸어왔는데…….'

20

어린 왕자는 오랫동안 모래와 바위, 눈길을 헤맨 끝에 길을 하나 발견했습니다. 그 길은 사람들이 사는 곳으로 이어져 있었습니다.

"안녕."

어린 왕자가 말했습니다.

그는 장미꽃이 활짝 핀 정원에 서 있었습니다.

"안녕."

장미꽃들이 말했습니다.

어린 왕자는 꽃들을 바라보았습니다. 그런데 그 꽃들은
모두 어린 왕자의 꽃과 비슷했습니다.

"너희들은 누구니?"

어린 왕자는 놀라서 그들에게 물었습니다.

"우리들은 장미꽃이야."

장미꽃들이 대답했습니다.

어린 왕자는 갑자기 슬픈 생각이 들었습니다. 그의 꽃은 이 세상에 자기는 하나밖에 없는 꽃이라고 말했거든요. 그런데 정원에 똑같은 모양의 꽃이 5천 송이나 있으니 말입니다.

'내 꽃이 이걸 보면 꽤 속이 상할 거야…….'

어린 왕자는 이렇게 생각했습니다.

'창피한 것을 감추려고 기침을 심하게 하고는 바로 죽는 시늉을 하겠지. 그러면 난 간호해 주는 척해야겠지. 그렇게 하지 않으면 정말 죽어 버릴지도 모르니까…….'

그리고 또 이런 생각도 했습니다.

'나는 이 세상에 하나밖에 없는 꽃을 가진 부자라고 생각했는데. 그저 수많은 장미꽃 중 한 송이밖에 가진 것이 없구나. 무릎까지 오는 화산 세 개하고, 또 그중 하나는 영영 불이 꺼져 있을지도 모르는데. 그걸 가지고 어떻게 훌륭한 왕자가 되겠어…….'

그는 풀밭에 엎드려 울었습니다.

21

여우가 나타난 것은 바로 그때였습니다.

"안녕."

여우가 말했습니다.

"안녕."

어린 왕자는 공손히 대답하며 뒤를 돌아보았으나 아무것도 보이지 않았습니다.

"나 여기 있어, 사과나무 밑에……."

조금 전의 그 목소리가 말했습니다.

"넌 누구니? 참 예쁘구나……."

어린 왕자가 말했습니다.

"난 여우야."

여우가 말했습니다.

"이리 와서 나하고 놀자. 난 아주 쓸쓸하단다."

어린 왕자가 말했습니다.

"난 너하고 놀 수 없단다. 난 길들여져 있지 않으니까."

여우가 말했습니다.

"아! 미안해."

어린 왕자가 말했습니다.

그러나 조금 생각한 뒤에, 어린 왕자가 다시 말했습니다.

"'길들인다' 는 게 무슨 말이지?"

"넌 여기 사는 아이가 아니로구나. 무얼 찾는 거니?"

여우가 물었습니다.

"나는 사람들을 찾고 있어."

"그런데 '길들인다' 는 게 무슨 말이야?"

어린 왕자가 말했습니다.

"사람들은 총을 가지고 있고 사냥을 하지. 그게 참 곤란

하단 말이야. 사람들은 또 닭을 기르기도 해! 유일한 즐거움

이지. 그런데 너도 닭을 찾니?"

여우가 물었습니다.

"아니 난 친구들을 찾고 있어. '길들인다'는 게 무슨 말이야?"

어린 왕자가 물었습니다.

"이젠 잊혀진 일이긴 하지만 그건 '관계를 맺는다……'는 뜻이야."

여우가 말했습니다.

"관계를 맺는다고?"

"그래."

여우가 말했습니다.

"내게 있어서 넌 아직 몇천, 몇만 명의 어린이들과 조금도 다름없는 아이에 지나지 않아. 그리고 나는 네가 필요 없고, 또 너는 내가 아쉽지도 않아. 네게는 내가 몇천, 몇만 마리의 여우 중 하나에 지나지 않지. 그렇지만 네가 나를 길들이면 우리는 서로를 필요로 할 거야. 내게는 네가 세상에서 하나밖에 없는 아이가 될 것이고, 네게는 내가 이 세상에서 하나밖에 없는 존재가 될 거니까……."

"이제 무슨 말인지 좀 알겠어."

어린 왕자가 말했습니다.

"내게도 꽃이 하나 있는데…… 그 꽃이 나를 길들였는가 봐……."

"그래, 그럴 수도 있지. 지구에는 온갖 것들이 다 있으니까……."

여우가 말했습니다.

"으응, 그건 지구에 있는 게 아니야."

어린 왕자가 말했습니다.

여우는 몹시 궁금한 모양이었습니다.

"그럼 다른 별에서?"

"그래."

"그 별에도 사냥꾼들이 있니?"

"아니. 없어."

"야, 정말 괜찮은데! 그럼 닭은?"

"없어."

"이 세상에 완전한 건 아무것도 없구나."

여우는 한숨을 내쉬었습니다.

그러나 여우는 다시 하던 이야기로 돌아왔습니다.

"내 생활은 변화가 없어. 나는 닭들을 쫓고, 사람들은 나를 쫓지. 닭들은 모두 비슷비슷하고,

사람들도 모두 비슷비슷해. 그래서 나는 좀 심심해. 그렇지만 네가 나를 길들이면 내 생활은 해가 비추는 것처럼 환해질 거야. 난 어느 발자국 소리하고도 다른 너만의 발자국 소리를 알게 될 거야. 다른 발자국 소리들은 나를 땅 속으로 기어들어가게 만들 테지만 네 발자국 소리는 음악 소리처럼 나를 굴 밖으로 불러 낼 거야. 그리고 저길 봐! 밀밭이 보이지! 난 빵을 먹지 않아. 다시 말해 밀은 나에게 소용이 없는 물건이지. 밀밭을 봐도 아무것도 떠오르지 않아. 난 그게 몹시 슬프단 말이야! 그런데 너는 금빛 머리카락을 가졌어. 그러니 네가 나를 길들이면 정말 근사할 거야! 밀은 금빛이니까 나는 금빛의 밀을 보면 네 생각이 날 거야. 그리고 나는 밀밭으로 지나가는 바람소리도 좋아질 거야……."

여우는 입을 다물고 어린 왕자를 한참이나 쳐다보더니 말했습니다.

"제발…… 나를 길들여 줘 부탁이야!"

어린 왕자가 대답했습니다.

"그래, 나도 그러고 싶어. 그렇지만 나는 시간이 별로 없어. 친구들을 찾아야 하니까."

여우가 말했습니다.

"누구나 자기가 길들인 것밖에는 알 수 없어. 사람들은 이제 무얼 알 시간조차 없어지고 말았어. 그들은 가게에서

이미 다 만들어 놓은 물건들을 사지. 그렇지만 친구를 파는 가게는 없어. 그래서 사람들은 이제 친구가 없게 되었지. 친구를 갖고 싶다면 나를 길들여줘."

어린 왕자가 물었습니다.

"그럼 어떻게 해야 되니?"

여우가 대답했습니다.

"아주 참을성이 많아야 해. 처음에는 내게서 좀 떨어져서 그렇게 풀 위에 앉아 있어. 내가 곁눈으로 너를 볼 테니 너는 아무 말도 하지 마. 말이란 오해의 근원이거든. 그러면 매일 조금씩 가까이 다가가 앉을 수 있게 될 거야."

이튿날, 어린 왕자가 다시 왔습니다. 그러자 여우가 이렇게 말했습니다.

"같은 시간에 왔으면 더 좋았을 텐데. 가령 네가 오후 네시에 온다면, 나는 세 시부터 행복해지기 시작할 거야. 시간이 지날수록 나는 점점 더 행복을 느끼겠지. 네 시가 되면 아마 나는 안절부절 못할 거야. 행복이 얼마나 값진 것인지 알게 되겠지. 그러나 네가 아무 때나 오면 나는 몇 시부터 마음을 곱게 치장을 해야 할지 알 수가 없지 않겠니? 의식이 필요하거든……."

"의식이 뭐야?"

어린 왕자가 물었습니다.

"그것도 잊혀진 일이긴 하지만 어떤 날을 다른 보통의 날과, 어떤 시간을 다른 보통의 시간과 다르게 만드는 거야. 가령 내가 아는 사냥꾼들에게도 의식이 있어. 그들은 목요일에는 동네 처녀들 하고 춤을 추지. 그래서 목요일은 기막히게 좋은 날이란다! 나는 포도밭까지 산보를 가기도 하지. 그런데 사냥꾼들이 아무 때나 춤을 춘다고 생각해 봐. 그저 그날이 그날 같을 거고, 나는 하루도 휴가라는 것이 없게 될 거야⋯⋯."

여우가 말했습니다.

이렇게 해서 어린 왕자는 여우를 길들였습니다. 그리고 떠날 시간이 가까워지자 여우는 말했습니다.

"아⋯⋯, 난 눈물이 나올 것만 같아."

"그건 네 탓이야. 나는 네 마음을 괴롭힐 생각은 조금도 없었어, 그런데 네가 길들여 달라고 그래서⋯⋯."

어린 왕자가 말했습니다.

"그건 그래."

여우가 말했습니다.

"그런데 넌 울려고 하잖아!"

어린 왕자가 말했습니다.

"그래, 맞는 말이야."

여우가 말했습니다.

"그러면 너는 얻은 게 아무것도 없구나!"

"얻은 게 있지. 밀밭의 색이 있으니까."

여우가 말했습니다. 그리고 잠시 후 다시 말을 이었습니다.

"장미꽃들을 다시 가서 보렴. 네 장미꽃이 세상에 단 하나뿐이란 걸 알게 될 거야. 그리고 내게 다시 와서 작별 인사를 해줘. 그러면 너에게 선물로 비밀 하나를 가르쳐 줄게."

어린 왕자는 다시 장미꽃들을 보러 갔습니다.

"너희들은 내 장미꽃과는 조금도 똑같지 않아. 너희들은 아직 아무것도 아니야. 아무도 너희들을 길들이지 못했고 너희들도 누구를 길들이지 못했어. 내 여우도 너희나 마찬가지였어. 몇천, 몇만 마리의 여우 중 한 마리에 지나지 않았지. 그렇지만 그 여우를 내 친구로 만들었기 때문에 지금은 이 세상에 하나밖에 없는 여우가 되었어."

그러자 장미꽃들은 어쩔 줄 몰라 했습니다.

어린 왕자는 또 이런 말도 했습니다.

"너희들은 아름답긴 하지만 속이 텅 비어 있어. 누가 너희들을 위해서 죽을 수는 없단 말이야. 물론 내 장미도 지나가는 행인이 보면 너희들과 똑같다고 생각할 거야. 그렇지만 그 꽃은 너희들 전부보다 내게 더 소중해. 그건 내가 물을 주고 유리관으로 보호해 준 꽃이기 때문이야. 내가 벌레를 잡아 준 것(나비를 보게 하려고 두세 마리는 남겨둔 것말고는)도 그 장미꽃이지. 그리고 불평불만은 물론 허풍도 들어주고, 때로는 점잖게 조용히 있을 때도 모두 함께한 내 꽃이니까. 그건 내 장미꽃이니까."

그리고 어린 왕자는 다시 여우한테 가서 작별 인사를 했습니다.

"안녕."

어린 왕자가 말했습니다.

"안녕."

여우가 말했습니다.

"잘 가렴. 내 비밀은 바로 이거야. 아주 간단하고 단순하지. 잘 보려면 마음으로 보아야 한다. 가장 중요한 것은 눈에는 보이지 않는 법이야."

"가장 중요한 것은 눈에는 보이지 않는다."

오래도록 기억하기 위해서 어린 왕자는 되뇌었습니다.

"네 장미꽃을 위해서 네가 보낸 시간 때문에 장미꽃이 그렇게 소중해진 거야."

"내가 내 꽃을 위해서 보낸 시간 때문에……."

어린 왕자는 계속 따라 말했습니다.

"사람들은 이 진리를 잊어버렸어."

여우가 말했습니다.

"하지만 넌 그것을 잊어버려선 안 된단다. 네가 길들인 것에 대해서는 영원히 네가 책임을 져야 하는 거야. 너는 네 장미꽃에 대해서 책임이 있어……."

"나는 내 장미꽃에 대해서 책임이 있다……."

어린 왕자는 기억해 두려고 또 되뇌었습니다.

22

"안녕하세요."

어린 왕자가 말했습니다.

"안녕."

전철기(철도에서 차량이나 열차를 다른 선로로 이동시키기 위하여 두 선로가 만나는 곳에 장치한 기계장치) 조종수가 말했습니다.

"아저씨, 여기서 뭘 하고 계세요?"

어린 왕자가 물었습니다.

"기차 손님들을 천 명씩 추리고 있단다. 그 손님들을 태운 기차를 어느 때는 오른쪽으로 보내기도 하고, 어느 때는 왼쪽으로 보내기도 하지."

전철기 조종수가 말했습니다.

그때 불이 환하게 켜진 특급 열차가 천둥같이 요란한 소리를 내며 전철기 조종실을 뒤흔들었습니다.

"저 사람들은 정말 바쁘네요. 그들은 뭘 찾아가는 거지요?"

어린 왕자가 물었습니다.

"기관사도 그건 모른단다."

전철기 조종수가 말했습니다.

그러자 이번에는 두 번째 특급 열차가 반대편에서 우렁찬 소리를 내며 달려왔습니다.

"그 사람들이 벌써 돌아오는 거예요?"

어린 왕자가 물었습니다.

"아까 그 사람들이 아니란다. 서로 자릴 바꾸는 거지."

"그 사람들은 자기들이 있던 곳이 만족스럽지 않았나 봐요?"

어린 왕자가 물었습니다.

"사람들은 자기가 있는 곳에서 만족하는 법이 없단다."

전철기 조종수가 말했습니다.

그러자 세 번째 특급 열차가 우렁차게 달려왔습니다.

"이 사람들은 앞 손님들을 쫓아가는 거예요?"

어린 왕자가 물었습니다.

"그들은 아무것도 쫓아가지 않아. 그들은 저 속에서 자거나 하품을 하거나 하지. 그저 아이들만이 유리창에다 코를 비벼 대고 있단다."

전철기 조종수가 말했습니다.

"그저 아이들만이 저희들이 찾는 게 무엇인지를 알고 있어요. 아이들은 헝겊인형을 찾느라 시간을 보내고 있지요. 인형은 아이들에게 무척 중요한 거니까요. 그러니까 누가 그걸 빼앗아 가면 우는 거예요……."

"아이들은 운이 좋아."

전철기 조종수는 말했습니다.

23

"안녕."

어린 왕자가 말했습니다.

"안녕."

장사꾼이 말했습니다.

그는 목마른 갈증을 가라앉혀 주는 새로 나온 알약을 파는 장사꾼이었습니다. 그것은 일주일에 한 알씩 먹으면 목이 마르지 않는 약이었지요.

"아저씨, 그건 왜 파는 거예요?"

어린 왕자가 물었습니다.

"이것은 시간을 굉장히 절약해 주는 거다. 전문가들이 계산을 해봤는데 일주일에 오십삼 분이나 절약이 된다고 하더구나."

장사꾼이 말했습니다.

"그럼 그 오십삼 분을 가지고는 뭘 하는 거예요?"

"자기가 하고 싶은 걸 하지……."

어린 왕자는 생각했습니다.

'만일 나에게 마음대로 사용할 오십삼 분의 여유가 있다

면, 샘이 있는 곳을 향해 천천히 걸어갈 텐데······.'

24

사막에서 비행기가 고장 나 불시착한 지 8일째 되는 날이었습니다. 나는 비축해 두었던 물의 마지막 남은 한 방울까지 마시면서 이 장사꾼에 대한 이야기를 들었지요.

"아! 네 이야기는 정말 아름다운 이야기다. 그런데 나는 아직도 비행기를 고치지 못했고 이제는 마실 물조차 떨어졌구나. 나도 샘이 있는 곳을 향해 천천히 걸어갈 수 있으면 좋겠다!"

"내 친구 여우가······."

"얘야, 지금은 여우가 문제가 아니야!"

"왜요?"

"우린 목이 말라 죽게 되었으니까······."

그는 내 말을 알아듣지 못하고 이런 대답을 했습니다.

"죽어 간다 할지라도 친구를 두었다는 건 좋은 일이에요. 나는 여우 친구를 둔 게 참 좋아요······."

'이 애는 위험이 어느 정도인지 짐작을 못 하는구나. 배도 안 고프고, 목도 안 마르고, 그저 햇볕만 조금 있으면 충

101

분할 테니까.'

나는 속으로 중얼거렸습니다. 그런데 어린 왕자는 나를 바라보더니 내 생각에 대답하듯 말했습니다.

"나도 목이 말라요…… 우리 우물을 찾으러 가요……."

나는 맥이 탁 풀린 몸짓을 보였습니다. 광활한 사막 한 가운데에서 무턱대고 우물을 찾아 나서는 것은 당치도 않은 일이었습니다. 그렇지만 우리는 걸음을 옮기기 시작했습니다.

몇 시간 동안을 아무 말 없이 걷고 나니 해는 지고 별들이 깜박거리기 시작했습니다. 나는 갈증 때문에 열이 조금 나고 있었기 때문에 그 별들이 마치 꿈에서 보이는 것처럼 느껴졌습니다. 어린 왕자의 말이 내 머릿속에서 춤을 추었습니다.

"그래, 너도 목이 마르단 말이냐?"

그러나 그는 내 물음에는 대답하지 않고 이런 말만 했습니다.

"물은 마음에도 좋은 것일 수가 있어요……."

나는 그의 대답을 이해하지 못했지만 아무 말도 하지 않았습니다. 물어서는 안 된다는 것을 알고 있었으니까요.

그는 지쳐서 자리에 앉았습니다. 나도 그의 곁에 앉았습니다. 그는 한동안 말이 없다가 다시 이런 말을 했습니다.

102

"우리에게 보이지 않는 꽃 때문에 별들은 아름다운 거예요……."

"그렇고말고"

나는 이렇게 대답하고 아무 말 없이 달빛 아래 펼쳐진 주름진 모래 언덕을 바라보았습니다.

"사막은 아름다워요."

그는 이렇게 덧붙였습니다.

그것은 사실이었습니다. 나는 항상 사막을 좋아했습니다. 사막에서는 모래 언덕 위에 앉아 있으면 아무것도 보이지 않고 아무 소리도 들리지 않습니다. 그런데도 무엇인가 침묵 속에 빛나는 것이 있지요.

"사막이 아름다운 건 어디엔가 우물이 숨어 있어서 그래요……."

어린 왕자는 이렇게 말했습니다.

나는 사막이 아름답게 빛나는 이유를 깨닫고 깜짝 놀랐습니다. 어린 시절에 나는 낡고 오래된 집에 살았는데 그 집에는 보물이 묻혀 있다는 이야기가 전해 내려왔지요. 물론 아무도 그것을 발견한 사람은 없었고, 또 어쩌면 찾아보지 않았는지도 모릅니다. 그러나 그 보물로 인해 그 집은 매력적으로 보였습니다. 우리 집은 은밀한 곳에 비밀을 갖고 있었으니까요.

"맞아. 집이건, 별이건, 사막이건, 그것들을 아름답게 하는 건 눈에 보이지 않는 법이지!"

내가 어린 왕자에게 말했습니다.

"아저씨가 나의 여우와 같은 생각을 하다니 정말 기뻐요."

나는 어린 왕자가 잠이 드는 바람에 그를 품에 안고 다시 길을 떠났습니다. 나는 가슴이 뭉클해졌습니다. 깨지기 쉬운 보물을 안고 가는 것 같았거든요. 이 세상에 그보다 더 여린 존재는 없으리라는 생각이 들었습니다. 그 새하얀 이마, 감긴 눈, 바람에 나부끼는 머리카락들을 달빛 아래에서 바라보며 나는 이런 생각을 했습니다.

'내가 지금 보는 것은 껍데기에 지나지 않는다. 가장 중요한 것은 눈에 안 보이는 것이다……'

반쯤 열린 그의 입술이 보일 듯 말 듯 미소를 띠고 있었기 때문에 나는 또 이런 생각을 했습니다.

'잠든 어린 왕자가 이렇게까지 내 마음을 깊이 감동시키는 것은 이 아이가 꽃 한 송이에 바치는 성실한 마음 때문이야. 잠을 자는 중에도 이 작은 가슴속에 등불처럼 밝게 빛나고 있는 장미꽃의 모습 때문이야……'

어린 왕자는 보다 더 여린 존재라는 느낌이 들었습니다. 등불은 잘 보호해 주어야 한다. 한 줄기 작은 바람에도 꺼질 수 있으니······.

　이렇게 걸어가다가 나는 동틀 무렵에 우물을 발견했습니다.

25

　"사람들은 특급 열차에 올라타지만 자신들이 무얼 찾아가는지 몰라요. 그러니까 초조해서 갈팡질팡하며 제자리를 맴돌고 있어요······."

　어린 왕자는 이렇게 말했습니다.

　"그건 소용없는 짓이야······."

　우리가 찾아낸 우물은 사하라 사막의 다른 우물들과는 달랐습니다. 사하라의 우물은 그저 모래에 파놓은 구멍이었습니다. 그런데 그 우물은 보통의 마을에 있는 우물과 같았습니다. 그러나 거기에는 마을이 없었기 때문에 나는 꿈을 꾸는 게 아닌가 하는 생각을 했습니다.

　"이상도 하지."

　나는 어린 왕자에게 말했습니다.

　"도르래며, 물통이며, 밧줄이 모두 마련되어 있구나······."

그는 웃으면서 줄을 만져 보고, 도르래를 돌려 보기도 했습니다. 그러자 바람이 오랫동안 잠을 자고 났을 때 낡은 바람개비가 삐걱거리듯 도르래가 삐걱거렸습니다.

"아저씨, 이 소리가 들려요? 우리가 우물을 깨우니까 우물이 노래를 하는 거예요……."

어린 왕자가 말했습니다.

나는 그에게 힘든 일을 시키고 싶지 않아서 말했습니다.

"내가 하마. 너에게는 너무 무거워."

나는 두레박을 천천히 우물 둘레의 귀퉁이까지 올려 떨어지지 않게 잘 얹어 놓았습니다. 내 귀에는 아직도 도르래의 노래가 계속 울렸고, 출렁거리는 물속에서 흔들리는 해가 보였습니다.

"난 이 물이 마시고 싶었어요. 물을 좀 주세요……."

어린 왕자가 말했습니다.

그래서 나는 그가 무엇을 찾고 있었는지를 알았습니다.

나는 두레박을 그의 입술에까지 들어 주었습니다. 그는 눈을 감고 물을 마셨습니다. 그것은 마치 축제에서나 느낄 수 있는 그런 기쁨이었습니다. 그 물에는 보통의 물과는 다른 무엇이 있었습니다. 별빛 아래서 계속된 행진과, 도르래의 노래와, 내가 직접 끌어올린 것이었기 때문이지요. 그 물은 선물처럼 기쁨을 주었습니다. 그것은 마치 어린 시절 받

107

은 성탄 선물이 크리스마스트리의 불빛과 자정 미사의 음악, 사람들이 서로 주고받는 상냥한 웃음으로 더욱 기쁘게 느껴진 것과 흡사했습니다.

"아저씨 별의 사람들은 한 정원에 장미꽃을 오천 그루씩이나 가꾸지만…… 거기서 그들이 찾는 것을 얻지는 못해요……."

어린 왕자가 말했습니다.

"그래, 찾아내지 못하지……."

내가 대답했습니다.

"그렇지만 그들이 찾는 것은 장미꽃 한 송이나 물 한 모금에서 얻어지는 수도 있을 거예요……."

"그야 그렇지."

내가 대답했습니다. 그러자 어린 왕자가 다시 이렇게 덧붙였습니다.

"그러니까 눈으로는 보질 못해요. 마음으로 찾아야 해요."

물을 마시자 숨쉬기가 훨씬 편해졌습니다. 떠오르는 햇빛을 받으면 모래는 꿀과 같은 빛깔이 되는데 그 꿀빛이 나를 행복하게 했습니다. 근심할 이유가 전혀 없었습니다.

"아저씨, 약속을 지켜 주세요."

어린 왕자는 내 옆에 앉으면서 상냥하게 이런 말도 했습니다.

"무슨 약속?"

"약속했잖아요……. 내 양에게 부리망을 씌워 준다고…… 나는 그 꽃에 대해서 책임이 있어요!"

나는 주머니에서 대충 그려 두었던 그림들을 꺼냈습니다. 어린 왕자는 그 그림들을 보고 웃으며 말했습니다.

"아저씨가 그린 바오밥나무 말이에요. 그건 어째 좀 뿔 비슷하게 생겼어요……."

"그래?"

나는 바오밥나무 그림을 가지고 몹시 우쭐대고 있지 않았던가!

"여우는…… 귀가…… 약간 뿔 비슷하고…… 그리고 너무 길어요!"

그리고 어린 왕자는 또 웃었습니다.

"얘야, 그건 공평하지가 않아. 나는 속이 안 들여다보이는 보아뱀과 속이 들여다보이는 보아뱀 외에는 그릴 줄 모른단 말이다."

"그래도 괜찮을 거예요. 아이들은 알아볼 테니까."

나는 연필로 부리망을 그린 뒤 어린 왕자에게 주었는데 그 순간 가슴이 저려왔습니다.

"내가 알지 못하는 다른 계획이 있구나……."

그러나 어린 왕자는 내 말에는 대답하지 않고 이렇게 말했습니다.

"있잖아요, 아저씨. 내가 지구에 떨어진 게…… 내일이면 일 년이 돼요."

그리고 잠시 말이 없더니 다시 말했습니다.

"바로 이 근처에 떨어졌어요."

그러면서 그는 얼굴을 붉혔습니다.

그러자 나는 왠지 모를 슬픔이 솟구쳤습니다. 하지만 그 와중에도 나는 한 가지 궁금한 것이 생겨 질문했습니다.

"그럼, 8일 전 내가 너를 알게 된 날 아침, 사람들이 사는 곳에서 수천 마일 떨어진 여기에 네가 혼자 이렇게 거닐고 있던 것은 우연히 아니었구나! 네가 떨어진 곳으로 돌아가는 길이었니?"

어린 왕자는 다시 얼굴을 붉혔습니다.

그래서 나는 망설이며 말을 이었습니다.

"아마 일 년이 되어서 그런 거겠지……?"

어린 왕자는 한 번 더 얼굴을 붉혔습니다. 그는 물어 보는 말에 대답하는 법이 없었는데 '그렇다'는 대답 대신에 얼굴을 붉히곤 했습니다.

"아! 난 두려워……."

그러나 어린 왕자는 대답했습니다.

"아저씨는 이제부터 일을 해야 해요. 기계 있는 쪽으로 다시 가야 해요. 난 여기서 기다리고 있을 테니, 내일 저녁에 다시 돌아오세요."

그러나 안심이 되지 않았습니다. 그 순간 나는 여우 생각이 났습니다. 길들여지면 두려워질 때가 있는 법이거든요.

26

우물 옆에는 해묵은 돌담이 하나 있었습니다. 다음 날 저녁, 일을 마치고 돌아오면서 보니, 어린 왕자가 그 위에 올라앉아 다리를 늘어뜨리고 있는 것이 멀리서 보였습니다. 그리고 그가 이런 말을 하는 것이 들렸습니다.

"그래 넌 생각나지 않니? 바로 정확히 여기는 아니야!"

그가 다시 대꾸하는 것을 보면 저편에서 대답하는 상대가 있는 모양이었습니다.

"아니야! 날짜는 맞지만, 자리는 여기가 아니야."

나는 그대로 담을 향해 걸어갔지만, 아무도 보이지 않고 말소리도 들리지 않았습니다. 그러나 어린 왕자는 다시 말을 건넸습니다.

"물론이지. 모래에 찍혀 있는 내 발자국이 어디서 시작하

는지를 봐. 거기서 나를 기다리면 돼. 내가 오늘 밤에 거기로 갈 테니."

나는 담에서 20미터쯤 떨어진 곳에 있었는데, 여전히 아무것도 보이지 않았습니다.

어린 왕자는 잠시 침묵을 지키더니, 또 이런 말을 했습니다.

"너는 좋은 독을 가지고 있니? 날 오랫동안 아프게 하지 않을 자신이 있어?"

나는 가슴이 두근거려 멈춰 섰습니다. 그러나 무슨 말인지 도무지 알 수가 없었습니다.

"이젠 가 봐…… 난 내려갈 테야!"

어린 왕자가 말했습니다.

그제야 나는 담 밑을 내려다보았습니다. 거기에는 순식간에 사람을 죽여 버리는 노란 뱀이 어린 왕자를 향해 대가리를 쳐들고 있었습니다. 나는 깜짝 놀라서 권총을 꺼내려고 주머니를 뒤지며 뛰기 시작했습니다. 그러나 내 발소리를 들은 뱀은 마치 잦아드는 분수처럼 모래 위를 기어가더니, 별로 서두르는 기색도 없이 가벼운 쇳소리를 내며 돌 틈으로 사라졌습니다.

나는 담 밑에 다다르는 순간, 눈처럼 창백해져 떨어지는 어린 왕자를 간신히 받아 안았습니다.

'이게 대체 어떻게 된 일이야? 이젠 뱀들과 이야기를 하고 있으니!'

나는 그가 항상 두르고 있는 금빛 목도리를 풀고 그의 관자놀이에 물을 적셔 주고 물을 마시게 했습니다. 그러나 감히 그에게 물어 볼 용기가 나지 않았습니다. 그는 나를 진지한 눈빛으로 쳐다보다가 양팔로 내 목을 껴안았습니다. 그의 가슴은 총에 맞아 죽어 가는 새처럼 뛰고 있었습니다.

"아저씨가 고장 난 비행기를 고치게 돼서 난 참 좋아요. 이제 아저씨는 집에 돌아갈 수 있을 거예요……."

"그걸 어떻게 아니?"

나는 어린 왕자를 보자마자 비행기의 고장 난 부분을 수리하는 데 성공했다고 말하려던 참이었습니다!

어린 왕자는 내 물음에는 대답도 하지 않고 덧붙여 말했습니다.

"나도 오늘 우리 집으로 돌아가요……."

그리고 슬픈 목소리로 말했습니다.

"내가 갈 길은 훨씬 더 멀고…… 훨씬 더 어려워요……."

어린 왕자가 말했습니다.

나는 무엇인지 심상치 않은 일이 일어나고 있다는 것을 깨달았습니다. 나는 그를 어린애처럼 품안에 꼭 껴안고 있었습니다. 그러나 내가 붙잡을 사이도 없이 그는 깊은 심연

속으로 빠져 들어가고 있는 것만 같았습니다.

그는 물끄러미 아득히 먼 곳을 바라보고 있었습니다.

"내겐 아저씨가 준 양이 있어요. 그리고 양을 넣어 두는 상자와 부리망도 있고."

그는 쓸쓸한 웃음을 지었습니다.

나는 오랫동안 그러고 있었습니다. 그러자 그의 몸이 조금씩 따뜻해지는 것이 느껴졌습니다.

"얘야, 무서웠지……."

어린 왕자는 물론 무서워하고 있었습니다. 하지만 부드럽고 상냥하게 웃으며 말했습니다.

"오늘 저녁이 훨씬 더 무서울 거예요……."

나는 영영 돌이킬 수 없는 일이 일어나고 있다는 생각에 눈앞이 캄캄해졌습니다. 그리고 이제는 그 웃음소리를 영영 듣지 못하게 된다는 생각이 들자 견딜 수 없는 아픔이 느껴졌습니다.

그 웃음은 내게 있어서 사막에 있는 샘과 같은 것이었습니다.

"얘야, 네 웃음소리가 듣고 싶구나."

그러나 그는 이런 말을 했습니다.

"오늘 밤이면 꼭 일 년이 돼요. 나의 별이 내가 작년 이맘때 떨어졌던 그 장소 바로 위로 올 거예요."

"얘야, 뱀이니, 약속이니, 별이니 하는 이야기는 모두 꿈에 지나지 않아……."

그러나 내 말에는 대답도 하지 않고 그는 계속 말했습니다.

"중요한 것은 눈에 보이지 않는 거예요."

"그렇고말고."

"꽃도 마찬가지예요. 어떤 별에 있는 꽃을 좋아하면 밤에 하늘을 쳐다보는 게 정말 감미로울 거예요. 어느 별에나 모두 꽃이 피어 있을 테니까."

"그렇고말고……."

"물도 마찬가지예요. 아저씨가 내게 먹여 준 물은 음악 같았어요. 도르래와 밧줄 때문에요…… 아저씨, 생각나요…… 물이 참 맛있었는데……."

"그래, 그렇고말고……."

"아저씨, 밤이 되면 별들을 쳐다보세요. 내 별은 너무 작아서 어디 있는지 아저씨한테 지금 가르쳐 줄 수가 없어요. 그런데 그게 더 잘된 일일지도 몰라요. 아저씨에게 내 별은 여러 별 중의 하나가 될 테니까요…… 그러면 아저씨는 어느 별을 보든 좋아질 거예요. 그럼 그 별은 모두 아저씨하고 친구가 되는 거구요. 그리고 아저씨한테 선물을 하나 줄게요."

그는 또 웃었습니다.

"얘야! 얘야! 나는 네 웃음소리가 좋단다!"

"그게 바로 내 선물이에요…… 물도 마찬가지구."

"그건 무슨 말이니?"

"모든 사람들에게는 별이 있어요. 하지만 모두 같지는 않아요. 여행하는 사람에게는 별들이 길잡이가 되는 거고, 또 어떤 사람에게는 작은 빛일 뿐이고, 학자에게는 별이 연구 대상으로만 보일 뿐이지요. 전에 내가 말한 사업가는 별이 금으로 보일 테고요. 그렇지만 그 별들은 모두 말이 없어요. 그런데 아저씨는 그 사람들과는 다른 특별한 별을 갖게 될 거예요……."

"그건 무슨 뜻이니?"

"나는 수많은 별 중 한 별에 살고 있고, 그 별 중의 하나에서 웃고 있을 거예요. 그럼 아저씨가 밤에 하늘을 쳐다보게 되면 별들이 모두 웃는 것으로 보일 거예요. 그러니까 아저씨는 웃을 줄 아는 별을 갖게 되는 거죠!"

그러면서 또 웃었습니다.

"그래서 아저씨의 슬픔이 가신 다음에는(사람은 언제나 슬픔이 가시게 되니까), 나를 알게 된 것을 기뻐하게 될 거예요. 아저씨는 언제까지나 나하고 친구로 있을 거고, 나하고 웃고 싶어 할 거예요. 그래서 가끔 창문을 열 거예요…… 그럼 아저씨 친구들은 아저씨가 하늘을 쳐다보며 웃는 걸 보고 꽤나 놀려댈 테지요. 그러면 아저씨는 이렇게 말하겠죠. '그래, 별들을 보면 난 언제나 웃음이 나오거든!' 아마도 그들은 아저씨가 미쳤다고 생각할지도 몰라요. 내가 아저씨한테 너무 심한 장난을 친 것 같은데……."

그러면서 어린 왕자는 또 웃었습니다.

"그건 별이 아니라, 아저씨에게 웃을 줄 아는 조그만 종을 한아름 준 거예요……."

그리고 또 한 번 웃더니, 이번에는 심각한 얼굴로 말했습니다.

"아저씨…… 오늘 밤엔 오지 마세요."

"난 네 곁을 떠나지 않을 거야."

"나는 아픈 것같이 보일 거예요……. 어쩌면 죽는 것처럼 보일지도 몰라요. 그러니 보러 오지 말아요. 그걸 볼 필요는 없어요……."

"난 네 곁을 떠나지 않을 거란다."

그러나 그는 걱정이 되는 눈치였습니다.

"내가 아저씨한테 이런 말을 하는 건…… 뱀 때문이기도 해요. 아저씨가 뱀한테 물리면 어떻게 해요…… 뱀들은 위험해요. 괜히 장난삼아 무는 수도 있거든요……."

"난 네 곁을 떠나지 않을 거야."

그러나 어린 왕자는 어떤 생각이 들었는지 곧 안심이 되는 모양이었습니다.

"하긴 두 번째 물 때는 독이 없긴 하지만……."

그날 밤 나는 그가 길을 떠나는 것을 보지 못했습니다. 어린 왕자는 소리 없이 살며시 빠져나갔습니다. 내가 그를 뒤따라갔을 때 그는 빠른 걸음으로 걷고 있었는데, 나를 보고 이렇게 말할 뿐이었습니다.

"아! 아저씨 왔어요?"

그러면서 내 손을 잡았습니다. 그러나 그는 다시 걱정을 했습니다.

"아저씨가 온 건 잘못이에요. 걱정을 하게 될 테니 말이죠. 난 죽는 것처럼 보이겠지만 사실은 그게 아니에요."

나는 잠자코 있었습니다.

"아저씨, 거긴 너무 먼 곳이에요. 이 몸으로는 갈 수가 없어요. 너무 무겁거든요."

나는 잠자코 있었습니다.

"몸은 묵은 허물 같은 거예요. 묵은 허물, 그것 때문에 슬퍼할 필요는 없잖아요."

나는 잠자코 있었습니다.

그는 조금 풀이 죽은 듯 보였지만 다시 기운을 차렸습니다.

"아저씨, 그건 즐거울 거예요. 나도 별들을 바라볼 거니까요. 그러면 모든 별들이 녹슨 도르래가 있는 우물로 보일 거예요. 그리고 모든 별들이 내게 마실 물을 부어 줄 거고……."

나는 잠자코 있었습니다.

"참 재미있을 거예요! 아저씨에게는 작은 종이 오억 개나 있을 거고, 나에게는 샘물이 오억 개나 있을 거예요……."

그러다가 그는 입을 다물고 아무 말이 없었습니다. 울고 있었던 것입니다.

"저기예요. 다 왔어요. 나 혼자 한 걸음 내딛게 가만히 내버려 두세요."

그러고는 두려웠는지 자리에 앉았습니다.

또 어린 왕자는 이런 말도 했습니다.

"아저씨…… 내 꽃말이에요…… 그건 내게 책임이 있어요! 그런데 그 꽃은 몹시도 약해요! 또 아주 순진하고, 별것도 아닌 가시 네 개를 가지고 바깥 세상으로부터 제 몸을 보호하려고 해요……."

나는 더 이상 서 있을 수가 없어서 주저앉았습니다. 그가 말했습니다.

"자, 이게 다예요……."

그는 또 잠깐 망설이다가 몸을 일으켰습니다. 그리고 한 걸음을 내딛었습니다. 나는 꼼짝할 수가 없었습니다. 그의 발목 부근에서 노란 빛이 반짝였습니다. 그는 꼼짝 않고 서 있었습니다. 어린 왕자는 소리를 지르지도 않았고, 그저 나무가 넘어지듯 조용히 쓰러졌습니다. 모래밭이었기 때문에 소리조차 나지 않았습니다.

27

이것은 벌써 지금으로부터 여섯 해 전에 있었던 일입니다. 나는 아직까지 이 이야기를 한 번도 한 적이 없습니다. 나를 다시 본 동료들은 내가 살아 돌아온 것을 무척 기뻐했습니다. 나는 슬펐지만 그들에게는 "피곤해."라고만 말했습니다.

지금은 그 슬픔이 조금 가셨습니다. 그러니까…… 아주 가시지는 않았다는 말이지요. 그러나 나는 그가 그의 별로 돌아간 것을 잘 알고 있습니다. 다음 날 해 뜰 무렵에 보니 그의 몸은 사라지고 없었으니까요. 그의 몸은 그렇게 무겁지 않았습니다……. 그래서 난 밤이면 별들의 웃음소리를 듣는 것을 좋아합니다. 그것은 5억 개의 작은 종과 같으니까요…….

그런데 이상한 일이 하나 생겼습니다. 어린 왕자에게 그려 준 부리망에 깜빡 잊고 가죽 끈을 달아 주지 않았던 거예요. 그는 아마 그 부리망을 양에게 씌워 줄 수가 없을 것입니다.

그래서 나는, '그의 별에 무슨 일이 생기지 않았을까? 양이 꽃을 먹어 치우지 않았을까…….' 하는 생각을 합니다.

그러다가 또 이런 생각도 했습니다.

'그럴 리가 없지! 어린 왕자는 밤마다 꽃에 유리관을 씌우고 양을 잘 지킬 테니까…….'

그러면 나는 행복해집니다. 그리고 별들은 모두 조용히 웃습니다.

어떤 때는 이런 생각도 했습니다.

'어쩌다 한두 번 깜빡 하는 수가 있을 텐데, 그러면 끝장이야. 어느 날 저녁에 어린 왕자가 유리관을 덮는 것을 잊거나, 양이 소리 없이 나가기라도 하면…….'

그러면 작은 종들이 모두 눈물방울로 변해 버리겠지요…….

이것은 커다란 수수께끼입니다. 어린 왕자를 사랑하는 여러분들에게나, 나에게나, 우리가 알지 못하는 양이 어디선가 장미꽃을 먹었느냐, 안 먹었느냐에 따라서 천지가 온통 달라지니까요.

　하늘을 보고 스스로 물어 보세요.

　'양이 꽃을 먹었을까, 안 먹었을까?'

　그러면 모든 것들이 다르게 보일 거예요.

　하지만 어른들은 그게 왜 중요한지 아무도 이해하지 못
할 거예요.

이것은 내게 세상에서 가장 아름답고도 슬픈 풍경입니다. 이것은 앞 페이지의 것과 똑같은 풍경이지만, 여러 분에게 똑똑히 보여 주려고 다시 한 번 그린 것입니다. 어린 왕자가 지상에 나타났다가 사라진 장소가 바로 여기거든요. 이 그림을 똑똑히 보아 두었다가, 언제고 아프리카의 사막을 여행할 때, 이것과 똑같은 풍경이 나타나면 꼭 알아볼 수 있기를 바랍니다. 그리고 그곳을 지나게 되거든, 발걸음을 서두르지 말고 별빛 아래서 잠시 기다려 보세요. 만일 그때 어떤 아이가 여러분에게 웃으며 다가오며, 머리칼이 금빛이고, 말을 물어도 대답이 없다면, 여러분은 그 아이가 누군지 알 수 있겠지요. 그러면 제게 친절을 베풀어 주시기를 바랍니다. 그가 돌아왔다는 소식을 빨리 편지로 보내 주시기 바랍니다……"

The Little Prince

Written And Illustrated By

ANTOINE DE SAINT-EXUPÉRY

To Leon Werth

   I ask the indulgence of the children who may read this book for dedicating it to a grown-up. I have a serious reason: he is the best friend I have in the world. I have another reason: this grown-up understands everything, even books about children. I have a third reason: he lives in France where he is hungry and cold. He needs cheering up. If all these reasons are not enough, I will dedicate the book to the child from whom grown-up grew. All grown-ups were once children-although few of them remember it. And so I correct my dedication:

To Leon Werth When He Was A Little Boy

1

Once when I was six years old I saw a magnificent picture in a book, called 「True Stories」 from Nature, about the primeval forest. It was a picture of a boa constrictor in the act of swallowing an animal. Here is a copy of the drawing.

In the book it said: "Boa constrictors swallow their prey whole, without chewing it. After that they are not able to move, and they sleep through the six months that they need for digestion."

I pondered deeply, then, over the adventures of the jungle. And after some work with a colored pencil I succeeded in making my first drawing. My Drawing Number One. It looked like this:

I showed my masterpiece to the grown-ups, and asked them whether the drawing frightened them. But they answered: "Frighten? Why should any one be frightened by a hat?"

My drawing was not a picture of a hat. It was a picture of a boa constrictor digesting an elephant. But since the grown-ups were not able to understand it, I made another drawing: I drew the inside of the boa constrictor, so that the grown-ups could see it clearly. They always need to have things explained. My Drawing Number Two looked like this:

The grown-ups' response, this time, was to advise me to lay aside my drawings of boa constrictors, whether from the inside or the outside, and devote myself instead to geography, history, arithmetic and grammar. That is why, at the age of six, I gave up what might have been a magnificent career as a painter. I had been disheartened by the failure of my Drawing Number One and my Drawing Number Two. Grown-ups never understand anything by themselves, and it is tiresome for children to be always and forever explaining things to them.

So then I chose another profession, and learned to pilot airplanes. I have flown a little over all parts of the world; and it is true that geography has been very useful to me. At a glance I can distinguish China from Arizona. If one gets lost in the night, such knowledge is valuable.

In the course of this life I have had a great many encounters with a great many people who have been concerned with matters of consequence. I have lived a great deal among grown-ups. I have seen them intimately, close at hand. And that hasn' t much improved my opinion of them.

Whenever I met one of them who seemed to me at all clear-sighted, I tried the experiment of showing him my Drawing Number One, which I have always kept. I would try to find out, so, if this was a person of true understanding. But, whoever it was, he, or she, would always say: "That is a hat." Then I would never talk to that person about boa constrictors, or primeval forests, or stars. I would bring myself down to his level. I would talk to him about bridge, and golf, and politics, and neckties. And the grown-up would be greatly pleased to have met such a sensible man.

2

So I lived my life alone, without anyone that I could really talk to, until I had an accident with my plane in the Desert of Sahara, six years ago. Something was broken in my engine. And as I had with me neither a mechanic nor any passengers, I set myself to attempt the difficult repairs all alone. It was a question of life or death for me: I had scarcely enough drinking water to last a week. The first night, then, I went to sleep on the sand, a thousand miles from any human habitation. I was more isolated than a shipwrecked sailor on a raft in the middle of the ocean. Thus you can imagine my amazement, at sunrise, when I was awakened by an odd little voice. It said:

"If you please— draw me a sheep!"

"What!"

"Draw me a sheep!"

I jumped to my feet, completely thunderstruck. I

Here is the best portrait I managed to make of him, later on.

blinked my eyes hard. I looked carefully all around me. And I saw a most extraordinary small person, who stood there examining me with great seriousness. Here you may see the best portrait that, later, I was able to make of him. But my drawing is certainly very much less charming than its model.

That, however, is not my fault. The grown-ups discouraged me in my painter's career when I was six years old, and I never learned to draw anything, except boas from the outside and boas from the inside.

Now I stared at this sudden apparition with my eyes fairly starting out of my head in astonishment. Remember, I had crashed in the desert a thousand miles from any inhabited region. And yet my little man seemed neither to be straying uncertainly among the sands, nor to be fainting from fatigue or hunger or thirst or fear. Nothing about him gave any suggestion of a child lost in the middle of the desert, a thousand miles from any human habitation. When at last I was able to speak, I said to him:

"But— what are you doing here?"

And in answer he repeated, very slowly, as if he were

speaking of a matter of great consequence:

"If you please— draw me a sheep······."

When a mystery is too overpowering, one dare not disobey. Absurd as it might seem to me, a thousand miles from any human habitation and in danger of death, I took out of my pocket a sheet of paper and my fountain-pen. But then I remembered how my studies had been concentrated on geography, history, arithmetic, and grammar, and I told the little chap(a little crossly, too) that I did not know how to draw. He answered me:

"That doesn' t matter. Draw me a sheep······."

But I had never drawn a sheep. So I drew for him one of the two pictures I had drawn so often. It was that of the boa constrictor from the outside. And I was astounded to hear the little fellow greet it with,

"No, no, no! I do not want an elephant inside a boa constrictor. A boa constrictor is a very dangerous creature, and an elephant is very cumbersome. Where I live, everything is very small. What I need is a sheep. Draw me a sheep."

So then I made a drawing. He looked at it carefully,

then he said:

"No. This sheep is already very sickly. Make me another."

So I made another drawing.

My friend smiled gently and indulgently.

"You see yourself," he said, "that this is not a sheep. This is a ram. It has horns."

So then I did my drawing over once more.

But it was rejected too, just like the others.

"This one is too old. I want a sheep that will live a long time."

By this time my patience was exhausted, because I was in a hurry to start taking my engine apart. So I tossed off this drawing.

And I threw out an explanation with it.

"This is only his box. The sheep you asked for is

inside."

I was very surprised to see a light break over the face of my young judge:

"That is exactly the way I wanted it! Do you think that this sheep will have to have a great deal of grass?"

"Why?"

"Because where I live everything is very small······."

"There will surely be enough grass for him," I said. "It is a very small sheep that I have given you."

He bent his head over the drawing:

"Not so small that— Look! He has gone to sleep······."

And that is how I made the acquaintance of the little prince.

3

It took me a long time to learn where he came from. The little prince, who asked me so many questions, never seemed to hear the ones I asked him. It was from words dropped by chance that, little by little, everything was revealed to me.

The first time he saw my airplane, for instance(I shall not draw my airplane; that would be much too complicated for me), he asked me:

"What is that object?"

"That is not an object. It flies. It is an airplane. It is my airplane."

And I was proud to have him learn that I could fly.

He cried out, then:

"What! You dropped down from the sky?"

"Yes," I answered, modestly.

"Oh! That is funny!"

And the little prince broke into a lovely peal of laughter, which irritated me very much. I like my misfortunes to be taken seriously.

Then he added:

"So you, too, come from the sky! Which is your planet?"

At that moment I caught a gleam of light in the impenetrable mystery of his presence; and I demanded, abruptly:

"Do you come from another planet?"

But he did not reply. He tossed his head gently, without taking his eyes from my plane:

"It is true that on that you can' t have come from very far away······."

And he sank into a reverie, which lasted a long time. Then, taking my sheep out of his pocket, he buried himself in the contemplation of his treasure.

You can imagine how my curiosity was aroused by this half-confidence about the "other planets." I made a great effort, therefore, to find out more on this subject.

"My little man, where do you come from? What is this 'where I live,' of which you speak? Where do you want to take your sheep?"

After a reflective silence he answered:

"The thing that is so good about the box you have given me is that at night he can use it as his house."

"That is so. And if you are good I will give you a string, too, so that you can tie him during the day, and a post to tie him to."

But the little prince seemed shocked by this offer:

"Tie him! What a queer idea!"

"But if you don' t tie him," I said, "he will wander off somewhere, and get lost."

My friend broke into another peal of laughter:

"But where do you think he would go?"

"Anywhere. Straight ahead of him."

Then the little prince said, earnestly:

"That doesn' t matter. Where I live, everything is so small!"

And, with perhaps a hint of sadness, he added:

"Straight ahead of him, nobody can go very far······."

4

I had thus learned a second fact of great importance: this was that the planet the little prince came from was scarcely any larger than a house!

But that did not really surprise me much. I knew very well that in addition to the great planets— such as the Earth, Jupiter, Mars, Venus— to which we have given names, there are also hundreds of others, some of which are so small that one has a hard time seeing them through the telescope. When an astronomer discovers one of these he does not give it a name, but only a number. He might call it, for example,

"Asteroid 3251."

I have serious reason to believe that the planet from which the little prince came is the asteroid known as B-612.

This asteroid has only once been seen through the telescope. That was by a Turkish astronomer, in 1909.

On making his discovery, the astronomer had presented it to the International Astronomical Congress, in a great demonstration. But he was in

Turkish costume, and so nobody would believe what he said.

Grown-ups are like that······.

Fortunately, however, for the reputation of Asteroid B-612, a Turkish dictator made a law that his subjects, under pain of death, should change to European costume. So in 1920 the astronomer

gave his demonstration all over again, dressed with impressive style and elegance. And this time everybody accepted his report.

If I have told you these details about the asteroid, and made a note of its number for you, it is on account of the grown-ups and their ways. When you tell them that you have made a new friend, they never ask you any questions about essential matters. T hey never say to you, "What does his voice sound like? What games does he love best? Does he collect butterflies?" Instead, they demand: "How old is he? How many brothers has he? How much does he weigh? How much money does his father make?" Only from these figures do they think they have learned anything about him.

If you were to say to the grown-ups: "I saw a beautiful

house made of rosy brick, with geraniums in the windows and doves on the roof," they would not be able to get any idea of that house at all. You would have to say to them: "I saw a house that cost $ 20,000." Then they would exclaim: "Oh, what a pretty house that is!"

Just so, you might say to them: "The proof that the little prince existed is that he was charming, that he laughed, and that he was looking for a sheep. If anybody wants a sheep, that is a proof that he exists." And what good would it do to tell them th at? They would shrug their shoulders, and treat you like a child. But if you said to them: "The planet he came from is Asteroid B-612," then they would be convinced, and leave you in peace from their questions.

They are like that. One must not hold it against them. Children should always show great forbearance toward grown-up people.

But certainly, for us who understand life, figures are a matter of indifference. I should have liked to begin this story in the fashion of the fairy-tales. I should have like to say: "Once upon a time there was a little prince who lived on a planet that was scarcely any bigger than himself, and who had need of a sheep······."

To those who understand life, that would have given a much greater air of truth to my story.

For I do not want any one to read my book carelessly. I have suffered too much grief in setting down these memories. Six years have already passed since my friend went away from me, with his sheep. If I try to describe him here, it is to make sure that I shall not forget him. To forget a friend is sad. Not every one has had a friend. And if I forget him, I may become like the grown-ups who are no longer interested in anything but figures······.

It is for that purpose, again, that I have bought a box of paints and some pencils. It is hard to take up drawing again at my age, when I have never made any pictures except those of the boa constrictor from the outside and the boa constrictor from the inside, since I was six. I shall certainly try to make my portraits as true to life as possible. But I am not at all sure of success. One drawing goes along all right, and another has no resemblance to its subject. I make some errors, too, in the little prince's height: in one place he is too tall and in another too short. And I feel some doubts about the color of his costume. So I fumble along as best I can, now good, now bad, and I hope generally fair-to-middling.

In certain more important details I shall make mistakes, also. But that is something that will not be my fault. My friend never explained anything to me. He thought, perhaps, that I was like himself. But I, alas, do not know how to see sheep through t he walls of boxes. Perhaps I am a little like the grown-ups. I have had to grow old.

5

As each day passed I would learn, in our talk, something about the little prince's planet, his departure from it, his journey. The information would come very slowly, as it might chance to fall from his thoughts. It was in this way that I heard, on the third day, about the catastrophe of the baobabs.

This time, once more, I had the sheep to thank for it. For the little prince asked me abruptly— as if seized by a grave doubt— "It is true, isn't it, that sheep eat little bushes?"

"Yes, that is true."

"Ah! I am glad!"

I did not understand why it was so important that sheep should eat little bushes. But the little prince added:

"Then it follows that they also eat baobabs?"

I pointed out to the little prince that baobabs were not little bushes, but, on the contrary, trees as big as castles; and that even if he took a whole herd of elephants away with him, the herd would not eat up one single baobab.

The idea of the herd of elephants made

the little prince laugh.

"We would have to put them one on top of the other," he said.

But he made a wise comment:

"Before they grow so big, the baobabs start out by being little."

"That is strictly correct," I said. "But why do you want the sheep to eat the little baobabs?"

He answered me at once, "Oh, come, come!", as if he were speaking of something that was self-evident. And I was obliged to make a great mental effort to solve this problem, without any assistance.

Indeed, as I learned, there were on the planet where the little prince lived— as on all planets— good plants and bad plants. In consequence, there were good seeds from good plants, and bad seeds from bad plants. But seeds are invisible. They sleep deep in the heart of the earth's darkness, until some one among them is seized with the desire to awaken. Then this little seed will stretch itself and begin— timidly at first— to push a charming little sprig inoffensively upward toward the sun.

If it is only a sprout of radish or the sprig of a rose-bush, one would let it grow wherever it might wish. But when it is a bad plant, one must destroy it as soon as possible, the very first instant that one recognizes it.

Now there were some terrible seeds on the planet that was the home of the little prince; and these were the seeds of the baobab. The soil of that planet was infested with them. A baobab is something you will never, never be able to get rid of if you attend to it too late. It spreads over the entire planet. It bores clear through it with its roots. And if the planet is too small, and the baobabs are too many, they split it in pieces······.

"It is a question of discipline," the little prince said to me later on. "When you've finished your own toilet in the morning, then it is time to attend to the toilet of your planet, just so, with the greatest care. You must see to it that you pull up regularly all the baobabs, at the very first moment when they can be distinguished from the rosebushes which they resemble so closely in their earliest youth. It is very tedious work," the little prince added, "but very easy."

And one day he said to me: "You ought to make a beautiful drawing, so that the children where you live can see exactly how all this is. That would be very useful to them if they were to travel some day. Sometimes," he added, "there is no harm in putting off a piece of work until another day. But when it is a matter of baobabs, that always means a catastrophe. I knew a planet that was inhabited by a lazy man. He neglected three little

bushes……."

So, as the little prince described it to me, I have made a drawing of that planet. I do not much like to take the tone of a moralist. But the danger of the baobabs is so little understood, and such considerable risks would be run by anyone who might get lost on an asteroid, that for once I am breaking through my reserve. "Children," I say plainly, "watch out for the baobabs!"

My friends, like myself, have been skirting this danger for a long time, without ever knowing it; and so it is for them that I have worked so hard over this drawing. The lesson which I pass on by this means is worth all the trouble it has cost me.

Perhaps you will ask me, "Why are there no other drawing in this book as magnificent and impressive as this drawing of the baobabs?"

The reply is simple. I have tried. But with the others I have not been successful. When I made the drawing of the baobabs I was carried beyond myself by the inspiring force of urgent necessity.

6

Oh, little prince! Bit by bit I came to understand the secrets of your sad little life⋯⋯. For a long time you had found your only entertainment in the quiet pleasure of looking at the sunset. I learned that new detail on the morning of the fourth day, w hen you said to me:

"I am very fond of sunsets. Come, let us go look at a sunset now."

"But we must wait," I said.

"Wait? For what?"

"For the sunset. We must wait until it is time."

At first you seemed to be very much surprised. And then you laughed to yourself. You said to me:

"I am always thinking that I am at home!"

Just so. Everybody knows that when it is noon in the United States the sun is setting over France.

If you could fly to France in one minute, you could go straight into the sunset, right from noon. Unfortunately, France is too far away for that. But on your tiny planet,

my little prince, all you need to do is move your chair a few steps. You can see the day end and the twilight falling whenever you like······.

"One day," you said to me, "I saw the sunset forty-four times!"

And a little later you added:

"You know— one loves the sunset, when one is so sad······."

"Were you so sad, then?" I asked, "on the day of the forty-four sunsets?"

But the little prince made no reply.

7

On the fifth day— again, as always, it was thanks to the sheep— the secret of the little prince's life was revealed to me. Abruptly, without anything to lead up to it, and as if the question had been born of long and silent meditation on his problem, he demanded:

"A sheep— if it eats little bushes, does it eat flowers, too?"

"A sheep," I answered, "eats anything it finds in its reach."

"Even flowers that have thorns?"

"Yes, even flowers that have thorns."

"Then the thorns— what use are they?"

I did not know. At that moment I was very busy trying to unscrew a bolt that had got stuck in my engine. I was very much worried, for it was becoming clear to me that the breakdown of my plane was extremely serious. And I had so little drinking-water left that I had to fear for the worst.

"The thorns— what use are they?"

The little prince never let go of a question, once he had asked it. As for me, I was upset over that bolt. And I answered with the first thing that came into my head:

"The thorns are of no use at all. Flowers have thorns just for spite!"

"Oh!"

There was a moment of complete silence. Then the little prince flashed back at me, with a kind of resentfulness:

"I don't believe you! Flowers are weak creatures. They are naive. They reassure themselves as best they can. They believe that their thorns are terrible weapons……."

I did not answer. At that instant I was saying to myself: "If this bolt still won't turn, I am going to knock it out with the hammer." Again the little prince disturbed my thoughts.

"And you actually believe that the flowers—"

"Oh, no!" I cried. "No, no, no! I don't believe

anything. I answered you with the first thing that came into my head. Don't you see— I am very busy with matters of consequence!"

He stared at me, thunderstruck.

"Matters of consequence!"

He looked at me there, with my hammer in my hand, my fingers black with engine-grease, bending down over an object which seemed to him extremely ugly…….

"You talk just like the grown-ups!"

That made me a little ashamed. But he went on, relentlessly:

"You mix everything up together……. You confuse everything……."

He was really very angry. He tossed his golden curls in the breeze.

"I know a planet where there is a certain red-faced gentleman. He has never smelled a flower. He has never looked at a star. He has never loved any one. He has never done anything in his life but add up figures. And all day he says over and over, just like you: 'I am busy with matters of consequence!' And that makes him swell up with pride. But he is not a man— he is a mushroom!"

"A what?"

"A mushroom!"

The little prince was now white with rage.

"The flowers have been growing thorns for millions of years. For millions of years the sheep have been eating them just the same. And is it not a matter of consequence to try to understand why the flowers go to so much trouble to grow thorns which are never of any use to them? Is the warfare between the sheep and the flowers not important? Is this not of more consequence than a fat red-faced gentleman's sums? And if I know— I, myself— one flower which is unique in the world, which grows nowhere but on my planet, but which one little sheep can destroy in a single bite some morning, without even noticing what he is doing— Oh! You think that is not important!"

His face turned from white to red as he continued:

"If someone loves a flower, of which just one single blossom grows in all the millions and millions of stars, it is enough to make him happy just to look at the stars. He

can say to himself, 'Somewhere, my flower is there······.'
But if the sheep eats the flower, in one moment all his
stars will be darkened······. And you think that is not
important!"

He could not say anything more. His words were
choked by sobbing.

The night had fallen. I had let my tools drop from my
hands. Of what moment now was my hammer, my bolt,
or thirst, or death? On one star, one planet, my planet, the
Earth, there was a little prince to be comforted. I took
him in my arms, and rocked him. I said to him:

"The flower that you love is not in danger. I will draw
you a muzzle for your sheep. I will draw you a railing to
put around your flower. I will—"

I did not know what to say to him. I felt awkward and
blundering.

I did not know how I could reach him, where I could
overtake him and go on hand in hand with him once
more.

It is such a secret place, the land of tears.

8

I soon learned to know this flower better. On the little prince's planet the flowers had always been very simple. They had only one ring of petals; they took up no room at all; they were a trouble to nobody. One morning they would appear in the grass, and by night they would have faded peacefully away. But one day, from a seed blown from no one knew where, a new flower had come up; and the little prince had watched very closely over this small sprout which was not like any other small sprouts on his planet. It might, you see, have been a new kind of baobab.

But the shrub soon stopped growing, and began to get ready to produce a flower. The little prince, who was present at the first appearance of a huge bud, felt at once that some sort of miraculous apparition must emerge from it. But the flower was not satisfied to complete the preparations for her beauty in the shelter of her green chamber. She chose her colors with the greatest care. She adjusted her petals one by one. She did not wish to go out into the world all rumpled, like the field poppies. It was only in the full radiance of her beauty that she wished to appear. Oh, yes! She was a coquettish creature! And her mysterious adornment lasted for days and days.

Then one morning, exactly at sunrise, she suddenly showed herself.

And, after working with all this painstaking precision, she yawned and said:

"Ah! I am scarcely awake. I beg that you will excuse me. My petals are still all disarranged……."

But the little prince could not restrain his admiration:

"Oh! How beautiful you are!"

"Am I not?" the flower responded, sweetly. "And I was born at the same moment as the sun……."

The little prince could guess easily enough that she

was not any too modest— but how moving— and exciting— she was!

"I think it is time for breakfast," she added an instant later. "If you would have the kindness to think of my needs—"

And the little prince, completely abashed, went to look for a sprinkling-can of fresh water. So, he tended the flower.

So, too, she began very quickly to torment him with her vanity— which was, if the truth be known, a little difficult to deal with. One day, for instance, when she was speaking of her four thorns, she said to the little prince:

"Let the tigers come with their claws!"

"There are no tigers on my planet," the little prince objected. "And, anyway, tigers do not eat weeds."

"I am not a weed," the flower replied, sweetly.

"Please excuse me⋯⋯."

"I am not at all afraid of tigers," she went on, "but I have a horror of drafts. I suppose you wouldn't have a screen for me?"

"A horror of drafts— that is bad luck, for a plant," remarked the little prince, and added to himself, "This flower is a very complex creature⋯⋯."

"At night I want you to put me under a glass globe. It is very cold where you live. In the place I came from—"

But she interrupted herself at that point. She had come in the form of a seed. She could not have known anything of any other worlds. Embarrassed over having let herself be caught on the verge of such a manifest untruth, she coughed two or three times, in order to put the little prince in the wrong.

"The screen?"

"I was just going to look for it when you spoke to

169

me……."

Then she forced her cough a little more so that he should suffer from remorse just the same.

So the little prince, in spite of all the good will that was inseparable from his love, had soon come to doubt her. He had taken seriously words which were without importance, and it made him very unhappy.

"I ought not to have listened to her," he confided to me one day. "One never ought to listen to the flowers. One should simply look at them and breathe their fragrance. Mine perfumed all my planet. But I did not know how to take pleasure in all her grace. This tale of claws, which disturbed me so much, should only have filled my heart with tenderness and pity."

And he continued his confidences:

"The fact is that I did not know how to understand anything! I ought to have judged by deeds and not by words. She cast her fragrance and her radiance over me. I ought never to have run away from her……. I ought to have guessed all the affection that lay behind her poor little stratagems. Flowers are so inconsistent! But I was too young to know how to love her……."

9

I believe that for his escape he took advantage of the migration of a flock of wild birds. On the morning of his departure he put his planet in perfect order. He carefully cleaned out his active volcanoes. He possessed two active volcanoes; and they were very convenient for heating his breakfast in the morning. He also had one volcano that

was extinct. But, as he said, "One never knows!" So he cleaned out the extinct volcano, too. If they are well cleaned out, volcanoes burn slowly and steadily, without any eruptions. Volcanic eruptions are like fires in a chimney.

On our earth we are obviously much too small to clean out our volcanoes. That is why they bring no end of trouble upon us.

The little prince also pulled up, with a certain sense of dejection, the last little shoots of the baobabs. He believed that he would never want to return. But on this last morning all these familiar tasks seemed very precious to him. And when he watered the flower for the last time, and prepared to place her under the shelter of her glass globe, he realized that he was very close to tears.

"Goodbye," he said to the flower.

But she made no answer.

"Goodbye," he said again.

The flower coughed. But it was not because she had a cold.

"I have been silly," she said to him, at last. "I ask your

173

forgiveness. Try to be
happy⋯⋯."

He was surprised by this
absence of reproaches. He
stood there all bewildered,
the glass globe held
arrested in
mid-
air.
He
did not understand this quiet sweetness.

"Of course I love you," the flower said to him. "It is
my fault that you have not known it all the while. That is
of no importance. But you— you have been just as
foolish as I. Try to be happy⋯⋯. let the glass globe be. I
don' t want it any more."

"But the wind—"

"My cold is not so bad as all that⋯⋯. the cool night air
will do me good. I am a flower."

"But the animals—"

"Well, I must endure the presence of two or three

174

caterpillars if I wish to become acquainted with the butterflies. It seems that they are very beautiful. And if not the butterflies— and the caterpillars— who will call upon me? You will be far away……. as for the large animals— I am not at all afraid of any of them. I have my claws."

And, naively, she showed her four thorns. Then she added:

"Don' t linger like this. You have decided to go away. Now go!"

For she did not want him to see her crying. She was such a proud flower…….

10

He found himself in the neighborhood of the asteroids 325, 326, 327, 328, 329, and 330. He began, therefore, by visiting them, in order to add to his knowledge.

The first of them was inhabited by a king. Clad in royal purple and ermine, he was seated upon a throne which was at the same time both simple and majestic.

"Ah! Here is a subject," exclaimed the king, when he saw the little prince coming.

And the little prince asked himself:

"How could he recognize me when he had never seen me before?"

He did not know how the world is simplified for kings. To them, all men are subjects.

"Approach, so that I may see you better," said the king, very proud of being a king for someone at last.

The little prince looked everywhere to find a place to sit down; but the entire planet was crammed and obstructed by the king's magnificent ermine robe. So he remained standing upright, and, since he was tired, he yawned.

"It is contrary to etiquette to yawn in the presence of a king," the monarch said to him. "I forbid you to do so."

"I can't help it. I can't stop myself," replied the little prince, thoroughly embarrassed. "I have come on a long journey, and I have had no sleep……."

"Ah, then," the king said. "I order you to yawn. It is

years since I have seen anyone yawning. Yawns, to me, are objects of curiosity. Come, now! Yawn again! It is an order."

"That frightens me······. I cannot, any more······." murmured the little prince, now completely abashed.

"Hum! Hum!" replied the king. "Then I— I order you sometimes to yawn and sometimes to—"

He sputtered a little, and seemed vexed.

For what the king fundamentally insisted upon was that his authority should be respected. He tolerated no disobedience. He was an absolute monarch. But, because he was a very good man, he made his orders reasonable.

"If I ordered a general," he would say, by way of example, "if I ordered a general to change himself into a sea bird, and if the general did not obey me, that would not be the fault of the general. It would be my fault."

"May I sit down?" came now a timid inquiry from the little prince.

"I order you to do so," the king answered him, and majestically gathered in a fold of his ermine mantle.

But the little prince was wondering······. The planet was tiny. Over what could this king really rule?

"Sire," he said to him, "I beg that you will excuse my asking you a question—"

"I order you to ask me a question," the king hastened to assure him.

"Sire— over what do you rule?"

"Over everything," said the king, with magnificent

simplicity.

"Over everything?"

The king made a gesture, which took in his planet, the other planets, and all the stars.

"Over all that?" asked the little prince.

"Over all that," the king answered.

For his rule was not only absolute: it was also universal.

"And the stars obey you?"

"Certainly they do," the king said. "They obey instantly. I do not permit insubordination."

Such power was a thing for the little prince to marvel at. If he had been master of such complete authority, he would have been able to watch the sunset, not forty-four times in one day, but seventy-two, or even a hundred, or even two hundred times, with out ever having to move his chair. And because he felt a bit sad as he remembered his little planet which he had forsaken, he plucked up his courage to ask the king a favor:

"I should like to see a sunset……. do me that kindness……. Order the sun to set……."

179

"If I ordered a general to fly from one flower to another like a butterfly, or to write a tragic drama, or to change himself into a sea bird, and if the general did not carry out the order that he had received, which one of us would be in the wrong?" the king demanded. "The general, or myself?"

"You," said the little prince firmly.

"Exactly. One much require from each one the duty which each one can perform," the king went on.

"Accepted authority rests first of all on reason. If you ordered your people to go and throw themselves into the sea, they would rise up in revolution. I have the right to require obedience because my orders are reasonable."

"Then my sunset?" the little prince reminded him: for he never forgot a question once he had asked it.

"You shall have your sunset. I shall command it. But, according to my science of government, I shall wait until conditions are favorable."

"When will that be?" inquired the little prince.

"Hum! Hum!" replied the king; and before saying

anything else he consulted a bulky almanac. "Hum! Hum! That will be about— about— that will be this evening about twenty minutes to eight. And you will see how well I am obeyed."

The little prince yawned. He was regretting his lost sunset. And then, too, he was already beginning to be a little bored.

"I have nothing more to do here," he said to the king. "So I shall set out on my way again."

"Do not go," said the king, who was very proud of having a subject. "Do not go. I will make you a Minister!"

"Minister of what?"

"Minster of— of Justice!"

"But there is nobody here to judge!"

"We do not know that," the king said to him. "I have not yet made a complete tour of my kingdom. I am very old. There is no room here for a carriage. And it tires me to walk."

"Oh, but I have looked already!" said the little prince, turning around to give one more glance to the other side of the planet. On that side, as on this, there was nobody at all······.

"Then you shall judge yourself," the king answered. "that is the most difficult thing of all. It is much more difficult to judge oneself than to judge others. If you succeed in judging yourself rightly, then you are indeed a man of true wisdom."

"Yes," said the little prince, "but I can judge myself anywhere. I do not need to live on this planet.

"Hum! Hum!" said the king. "I have good reason to believe that somewhere on my planet there is an old rat. I hear him at night. You can judge this old rat. From time to time you will condemn him to death. Thus his life will depend on your justice. But you will pardon him on each occasion; for he must be treated thriftily. He is the only one we have."

"I," replied the little prince, "do not like to condemn anyone to death. And now I think I will go on my way."

"No," said the king.

But the little prince, having now completed his preparations for departure, had no wish to grieve the old monarch.

"If Your Majesty wishes to be promptly obeyed," he said, "he should be able to give me a reasonable order. He should be able, for example, to order me to be gone by the end of one minute. It seems to me that conditions are favorable⋯⋯."

As the king made no answer, the little prince hesitated a moment. Then, with a sigh, he took his leave.

"I made you my Ambassador," the king called out, hastily.

He had a magnificent air of authority.

"The grown-ups are very strange," the little prince said to himself, as he continued on his journey.

II

The second planet was inhabited by a conceited man.

"Ah! Ah! I am about to receive a visit from an admirer!" he exclaimed from afar, when he first saw the little prince coming.

For, to conceited men, all other men are admirers.

"Good morning," said the little prince. "That is a queer hat you are wearing."

"It is a hat for salutes," the conceited man replied. "It is to raise in salute when people acclaim me. Unfortunately, nobody at all ever passes this way."

"Yes?" said the little prince, who did not understand what the conceited man was talking about.

"Clap your hands, one against the other," the conceited man now directed him.

The little prince clapped his hands. The conceited man raised his hat in a modest salute.

"This is more entertaining than the visit to the king," the little prince said to himself. And he began again to clap his hands, one against the other. The conceited man against raised his hat in salute.

After five minutes of this exercise the little prince grew tired of the game's monotony.

"And what should one do to make the hat come down?" he asked.

But the conceited man did not hear him. Conceited people never hear anything but praise.

"Do you really admire me very much?" he demanded of the little prince.

"What does that mean— 'admire' ?"

"To admire mean that you regard me as the handsomest, the best-dressed, the richest, and the most intelligent man on this planet."

"But you are the only man on your planet!"

"Do me this kindness. Admire me just the same."

"I admire you," said the little prince, shrugging his shoulders slightly,

"but what is there in that to interest you so much?"

And the little prince went away.

"The grown-ups are certainly very odd," he said to himself, as he continued on his journey.

12

The next planet was inhabited by a tippler. This was a very short visit, but it plunged the little prince into deep dejection.

"What are you doing there?" he said to the tippler, whom he found settled down in silence before a collection of empty bottles and also a collection of full bottles.

"I am drinking," replied the tippler, with a lugubrious air.

"Why are you drinking?" demanded the little prince.

"So that I may forget," replied the tippler.

"Forget what?" inquired the little prince, who already was sorry for him.

"Forget that I am ashamed," the tippler confessed,

hanging his head.

"Ashamed of what?" insisted the little prince, who wanted to help him.

"Ashamed of drinking!" The tippler brought his speech to an end, and shut himself up in an impregnable silence.

And the little prince went away, puzzled.

"The grown-ups are certainly very, very odd," he said to himself, as he continued on his journey.

13

The fourth planet belonged to a businessman. This man was so much occupied that he did not even raise his head at the little prince's arrival.

"Good morning," the little prince said to him. "Your cigarette has gone out."

"Three and two make five. Five and seven make twelve. Twelve and three make fifteen. Good morning. Fifteen and seven make twenty-two. Twenty-two and six make twenty-eight. I haven't time to light it again. Twenty-six and five make thirty-one. Phew ! Then that makes five-hundred-and-one-million, six-hundred-twenty-two-thousand, seven-hundred-thirty-one."

"Five hundred million what?" asked the little prince.

"Eh? Are you still there? Five-hundred-and-one million — I can't stop……. I have so much to do! I am concerned with matters of consequence. I don't amuse myself with balderdash. Two and five make seven……."

"Five-hundred-and-one million what?" repeated the

little prince, who never in his life had let go of a question once he had asked it.

The businessman raised his head.

"During the fifty-four years that I have inhabited this planet, I have been disturbed only three times. The first time was twenty-two years ago, when some giddy goose fell from goodness knows where. He made the most frightful noise that resounded all over the place, and I made four mistakes in my addition. The second time, eleven years ago, I was disturbed by an attack of rheumatism. I don' t get enough exercise. I have no time for loafing. The third time— well, this is it! I was saying, then, five -hundred-and-one millions—"

"Millions of what?"

The businessman suddenly realized that there was no hope of being left in peace until he answered this question.

"Millions of those little objects," he said, "which one sometimes sees in the sky."

"Flies?"

"Oh, no. Little glittering objects."

"Bees?"

"Oh, no. Little golden objects that set lazy men to idle dreaming. As for me, I am concerned with matters of consequence. There is no time for idle dreaming in my life."

"Ah! You mean the stars?"

"Yes, that' s it. The stars."

"And what do you do with five-hundred millions of

stars?"

"Five-hundred-and-one million, six-hundred-twenty-two thousand, seven-hundred-thirty-one. I am concerned with matters of consequence: I am accurate."

"And what do you do with these stars?"

"What do I do with them?"

"Yes."

"Nothing. I own them."

"You own the stars?"

"Yes."

"But I have already seen a king who—"

"Kings do not own, they reign over. It is a very different matter."

"And what good does it do you to own the stars?"

"It does me the good of making me rich."

"And what good does it do you to be rich?"

"It makes it possible for me to buy more stars, if any are ever discovered."

"This man," the little prince said to himself, "reasons a little like my poor tippler⋯⋯."

Nevertheless, he still had some more questions.

"How is it possible for one to own the stars?"

"To whom do they belong?" the businessman retorted, peevishly.

"I don' t know. To nobody."

"Then they belong to me, because I was the first person to think of it."

"Is that all that is necessary?"

"Certainly. When you find a diamond that belongs to nobody, it is yours. When you discover an island that belongs to nobody, it is yours. When you get an idea before any one else, you take out a patent on it: it is yours. So with me: I own the stars, because nobody else before me ever thought of owning them."

"Yes, that is true," said the little prince. "And what do you do with them?"

"I administer them," replied the businessman.

"I count them and recount them. It is difficult. But I am a man who is naturally interested in matters of consequence."

The little prince was still not satisfied.

"If I owned a silk scarf," he said,

"I could put it around my neck and take it away with me. If I owned a flower, I could pluck that flower and take it away with me. But you cannot pluck the stars from heaven……."

"No. But I can put them in the bank."

"Whatever does that mean?"

"That means that I write the number of my stars on a little paper. And then I put this paper in a drawer and lock it with a key."

"And that is all?"

"That is enough," said the businessman.

"It is entertaining," thought the little prince. "It is rather poetic. But it is of no great consequence."

On matters of consequence, the little prince had ideas which were very different from those of the grown-ups.

"I myself own a flower," he continued his conversation with the businessman, "which I water every day. I own three volcanoes, which I clean out every week(for I also clean out the one that is extinct; one never knows). It is of some use to my volcanoes, and it is of some use to my flower, that I own them. But you are of no use to the stars⋯⋯."

The businessman opened his mouth, but he found nothing to say in answer. And the little prince went away.

"The grown-ups are certainly altogether extraordinary," he said simply, talking to himself as he continued on his journey.

14

The fifth planet was very strange. It was the smallest of all. There was just enough room on it for a street lamp and a lamplighter. The little prince was not able to reach any explanation of the use of a street lamp and a lamplighter, somewhere in the heavens, on a planet which had no people, and not one house. But he said to himself, nevertheless:

"It may well be that this man is absurd. But he is not so absurd as the king, the conceited man, the businessman, and the tippler. For at least his work has some meaning. When he lights his street lamp, it is as if he brought one more star to life, or one flower. When he puts out his lamp, he sends the flower, or the star, to sleep. That is a beautiful occupation. And since it is beautiful, it is truly useful."

When he arrived on the planet he respectfully saluted the lamplighter.

"Good morning. Why have you just put out your lamp?"

"Those are the orders," replied the lamplighter. "Good morning."

"What are the orders?"

"The orders are that I put out my lamp. Good evening."

And he lighted his lamp again.

"But why have you just lighted it again?"

"Those are the orders," replied the lamplighter.

"I do not understand," said the little prince.

"There is nothing to understand," said the lamplighter. "Orders are orders. Good morning."

And he put out his lamp.

Then he mopped his forehead with a handkerchief decorated with red squares.

"I follow a terrible profession. In the old days it was reasonable. I put the lamp out in the morning, and in the evening I lighted it again. I had the rest of the day for relaxation and the rest of the night for sleep."

"And the orders have been changed since that time?"

"The orders have not been changed," said the lamplighter.

"That is the tragedy! From year to year the planet has turned more rapidly and the orders have not been changed!"

"Then what?" asked the little prince.

"Then— the planet now makes a complete turn every minute, and I no longer have a single second for repose. Once every minute I have to light my lamp and put it out!"

"That is very funny! A day lasts only one minute, here where you live!"

"It is not funny at all!" said the lamplighter. "While we have been talking together a month has gone by."

"A month?"

"Yes, a month. Thirty minutes. Thirty days. Good evening."

And he lighted his lamp again.

As the little prince watched him, he felt that he loved this lamplighter who was so faithful to his orders. He remembered the sunsets which he himself had gone to seek, in other days, merely by pulling up his chair; and he wanted to help his friend.

"You know," he said, "I can tell you a way you can rest whenever you want to……."

"I always want to rest," said the lamplighter.

For it is possible for a man to be faithful and lazy at the same time.

The little prince went on with his explanation:

"Your planet is so small that three strides will take you all the way around it. To be always in the sunshine, you need only walk along rather slowly. When you want to rest, you will walk— and the day will last as long as you like."

"That doesn' t do me much good," said the lamplighter. "The one thing I love in life is to sleep."

"Then you' re unlucky," said the little prince.

"I am unlucky," said the lamplighter. "Good morning."

And he put out his lamp.

"That man," said the little prince to himself, as he continued farther on his journey, "that man would be scorned by all the others: by the king, by the conceited man, by the tippler, by the businessman. Nevertheless he is the only one of them all who does not seem to me ridiculous. Perhaps that is because he is thinking of something else besides himself."

He breathed a sigh of regret, and said to himself, again:

"That man is the only one of them all whom I could have made my friend. But his planet is indeed too small. There is no room on it for two people……."

What the little prince did not dare confess was that he was sorry most of all to leave this planet, because it was blest every day with 1440 sunsets!

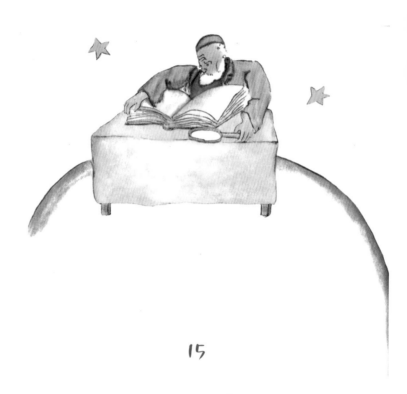

15

The sixth planet was ten times larger than the last one. It was inhabited by an old gentleman who wrote voluminous books.

"Oh, look! Here is an explorer!" he exclaimed to himself when he saw the little prince coming.

The little prince sat down on the table and panted a little. He had already traveled so much and so far!

"Where do you come from?" the old gentleman said to him.

"What is that big book?" said the little prince. "What are you doing?"

"I am a geographer," the old gentleman said to him.

"What is a geographer?" asked the little prince.

"A geographer is a scholar who knows the location of all the seas, rivers, towns, mountains, and deserts."

"That is very interesting," said the little prince. "Here at last is a man who has a real profession!" And he cast a look around him at the planet of the geographer. It was the most magnificent and stately planet that he had ever seen.

"Your planet is very beautiful," he said. "Has it any oceans?"

"I couldn' t tell you," said the geographer.

"Ah!" The little prince was disappointed. "Has it any mountains?"

"I couldn' t tell you," said the geographer.

"And towns, and rivers, and deserts?"

"I couldn' t tell you that, either."

"But you are a geographer!"

"Exactly," the geographer said. "But I am not an explorer. I haven't a single explorer on my planet. It is not the geographer who goes out to count the towns, the rivers, the mountains, the seas, the oceans, and the deserts. The geographer is much too important to go loafing about. He does not leave his desk. But he receives the explorers in his study. He asks them questions, and he notes down what they recall of their travels. And if the recollections of any one among them seem interesting to him, the geographer orders an inquiry into that explorer's moral character."

"Why is that?"

"Because an explorer who told lies would bring disaster on the books of the geographer. So would an explorer who drank too much."

"Why is that?" asked the little prince.

"Because intoxicated men see double. Then the geographer would note down two mountains in a place where there was only one."

"I know some one," said the little prince, "who would

202

make a bad explorer."

"That is possible. Then, when the moral character of the explorer is shown to be good, an inquiry is ordered into his discovery."

"One goes to see it?"

"No. That would be too complicated. But one requires the explorer to furnish proofs. For example, if the discovery in question is that of a large mountain, one requires that large stones be brought back from it."

The geographer was suddenly stirred to excitement.

"But you— you come from far away! You are an explorer! You shall describe your planet to me!"

And, having opened his big register, the geographer sharpened his pencil. The recitals of explorers are put down first in pencil. One waits until the explorer has furnished proofs, before putting them down in ink.

"Well?" said the geographer expectantly.

"Oh, where I live," said the little prince, "it is not very interesting. It is all so small. I have three volcanoes. Two volcanoes are active and the other is extinct. But one never knows."

"One never knows," said the geographer.

"I have also a flower."

"We do not record flowers," said the geographer.

"Why is that? The flower is the most beautiful thing on my planet!"

"We do not record them," said the geographer, "because they are ephemeral."

"What does that mean— 'ephemeral' ?"

"Geographies," said the geographer, "are the books which, of all books, are most concerned with matters of consequence. They never become old-fashioned. It is very rarely that a mountain changes its position. It is very rarely that an ocean empties itself of its waters. We write of eternal things."

"But extinct volcanoes may come to life again," the little prince interrupted. "What does that mean— 'ephemeral' ?"

"Whether volcanoes are extinct or alive, it comes to the same thing for us," said the geographer.

"The thing that matters to us is the mountain. It does not change."

"But what does that mean— 'ephemeral'?" repeated the little prince, who never in his life had let go of a question, once he had asked it.

" It means, ' which is in danger of speedy disappearance.' "

"Is my flower in danger of speedy disappearance?"

"Certainly it is."

"My flower is ephemeral," the little prince said to himself, "and she has only four thorns to defend herself against the world. And I have left her on my planet, all alone!"

That was his first moment of regret. But he took courage once more.

"What place would you advise me to visit now?" he asked.

"The planet Earth," replied the geographer. "It has a good reputation."

And the little prince went away, thinking of his flower.

So then the seventh planet was the Earth.

The Earth is not just an ordinary planet! One can count, there 111 kings(not forgetting, to be sure, the Negro kings among them), 7000 geographers, 900,000 businessmen, 7,500,000 tipplers, 311,000,000 conceited men— that is to say, about 2,000,000,000 grown-ups.

To give you an idea of the size of the Earth, I will tell you that before the invention of electricity it was necessary to maintain, over the whole of the six continents, a veritable army of 462,511 lamplighters for the street lamps.

Seen from a slight distance, that would make a splendid spectacle. The movements of this army would be regulated like those of the ballet in the opera. First would come the turn of the lamplighters of New Zealand and Australia. Having set their lamps alight, these would go off to sleep. Next, the lamplighters of China and Siberia would enter for their steps in the dance, and then they too would be waved back into the wings. After that would come the turn of the lamplighters of Russia and the Indies; then those of Africa and Europe, then those of South America; then those of South America; then those of North America. And never would they make a mistake in the order of their entry upon the stage. It would be magnificent.

Only the man who was in charge of the single lamp at the North Pole, and his colleague who was responsible for the single lamp at the South Pole— only these two would live free from toil and care: they would be busy twice a year.

17

When one wishes to play the wit, he sometimes wanders a little from the truth. I have not been altogether honest in what I have told you about the lamplighters. And I realize that I run the risk of giving a false idea of our planet to those who do not know it. Men occupy a very small place upon the Earth. If the two billion inhabitants who people its surface were all to stand upright and somewhat crowded together, as they do for some big public assembly, they could easily be put into one public square twenty miles long and twenty miles wide. All humanity could be piled up on a small Pacific islet.

The grown-ups, to be sure, will not believe you when you tell them that. They imagine that they fill a great deal of space. They fancy themselves as important as the baobabs. You should advise them, then, to make their own calculations. They adore figures, and that will please them. But do not waste your time on this extra task. It is unnecessary. You have, I know, confidence in me.

When the little prince arrived on the Earth, he was very much surprised not to see any people. He was beginning to be afraid he had come to the wrong planet, when a coil of gold, the color of the moonlight, flashed across the sand.

"Good evening," said the little prince courteously.

"Good evening," said the snake.

209

"What planet is this on which I have come down?" asked the little prince.

"This is the Earth; this is Africa," the snake answered.

"Ah! Then there are no people on the Earth?"

"This is the desert. There are no people in the desert. The Earth is large," said the snake.

The little prince sat down on a stone, and raised his eyes toward the sky.

"I wonder," he said, "whether the stars are set alight in heaven so that one day each one of us may find his own again……. Look at my planet. It is right there above us. But how far away it is!"

"It is beautiful," the snake said. "What has brought you here?"

"I have been having some trouble with a flower," said the little prince.

"Ah!" said the snake.

And they were both silent.

"Where are the men?"

The little prince at last took up the conversation again.

"It is a little lonely in the desert······."

"It is also lonely among men," the snake said.

The little prince gazed at him for a long time.

"You are a funny animal," he said at last. "You are no thicker than a finger······."

"But I am more powerful than the finger of a king," said the snake.

The little prince smiled.

"You are not very powerful. You haven't even any feet. You cannot even travel······."

"I can carry you farther than any ship could take you," said the snake.

He twined himself around the little prince's ankle, like a golden bracelet.

"Whomever I touch, I send back to the earth from whence he came," the snake spoke again.

"But you are innocent and true, and you come from a star······."

The little prince made no reply.

"You move me to pity— you are so weak on this Earth made of granite," the snake said.

"I can help you, some day, if you grow too homesick for your own planet. I can—"

"Oh! I understand you very well," said the little prince. "But why do you always speak in riddles?"

"I solve them all," said the snake.

And they were both silent.

18

The little prince crossed the desert and met with only one flower. It was a flower with three petals, a flower of no account at all.

"Good morning," said the little prince.

"Good morning," said the flower.

"Where are the men?" the little prince asked, politely.

The flower had once seen a caravan passing.

"Men?" she echoed. "I think there are six or seven of them in existence. I saw them, several years ago. But one never knows where to find them. The wind blows them away. They have no roots, and that makes their life very

difficult."

"Goodbye," said the little prince.

"Goodbye," said the flower.

19

After that, the little prince climbed a high mountain. The only mountains he had ever known were the three volcanoes, which came up to his knees. And he used the extinct volcano as a footstool. "From a mountain as high as this one," he said to himself, "I shall be able to see the whole planet at one glance, and all the people⋯⋯."

But he saw nothing, save peaks of rock that were sharpened like needles.

"Good morning," he said courteously.

"Good morning—Good morning—Good morning," answered the echo.

"Who are you?" said the little prince.

"Who are you—Who are you—Who are you?" answered the echo.

"Be my friends. I am all alone," he said.

"I am all alone—all alone—all alone," answered the echo.

"What a queer planet!" he thought. "It is altogether dry, and altogether pointed, and altogether harsh and forbidding. And the people have no imagination. They repeat whatever one says to them……. On my planet I had a flower; she always was the first to speak……."

20

But it happened that after walking for a long time through sand, and rocks, and snow, the little prince at last came upon a road. And all roads lead to the abodes of men.

"Good morning," he said.

He was standing before a garden, all a-bloom with roses.

"Good morning," said the roses.

The little prince gazed at them. They all looked like his

flower.

"Who are you?" he demanded, thunderstruck.

"We are roses," the roses said.

And he was overcome with sadness. His flower had told him that she was the only one of her kind in all the universe. And here were five thousand of them, all alike, in one single garden!

"She would be very much annoyed," he said to

himself, "if she should see that……. she would cough most dreadfully, and she would pretend that she was dying, to avoid being laughed at. And I should be obliged to pretend that I was nursing her back to life— for if I did not do that, to humble myself also, she would really allow herself to die……."

Then he went on with his reflections: "I thought that I was rich, with a flower that was unique in all the world; and all I had was a common rose. A common rose, and three volcanoes that come up to my knees— and one of them perhaps extinct forever……. that doesn't make me a very great prince……."

And he lay down in the grass and cried.

21

It was then that the fox appeared.

"Good morning," said the fox.

"Good morning," the little prince responded politely, although when he turned around he saw nothing.

"I am right here," the voice said, "under the apple tree."

"Who are you?" asked the little prince, and added, "You are very pretty to look at."

"I am a fox," said the fox.

"Come and play with me," proposed the little prince. "I am so unhappy."

"I cannot play with you," the fox said. "I am not tamed."

"Ah! Please excuse me," said the little prince.

But, after some thought, he added:

"What does that mean— 'tame' ?"

"You do not live here," said the fox. "What is it that you are looking for?"

"I am looking for men," said the little prince. "What does that mean— 'tame' ?"

"Men," said the fox. "They have guns, and they hunt. It is very disturbing. They also raise chickens. These are their only interests. Are you looking for chickens?"

"No," said the little prince. "I am looking for friends. What does that mean— 'tame' ?"

"It is an act too often neglected," said the fox. It means to establish ties."

" 'To establish ties' ?"

"Just that," said the fox.

"To me, you are still nothing more than a little boy who is just like a hundred thousand other little boys. And I have no need of you. And you, on your part, have no need of me. To you, I am nothing more than a fox like a hundred thousand other foxes. But if you tame me, then we shall need each other. To me, you will be unique in all the world. To you, I shall be unique in all the world······."

"I am beginning to understand," said the little prince. "There is a flower······. I think that she has tamed me……."

"It is possible," said the fox. "On the Earth one sees all sorts of things."

"Oh, but this is not on the Earth!" said the little prince.

The fox seemed perplexed, and very curious.

"On another planet?"

"Yes."

"Are there hunters on this planet?"

"No."

"Ah, that is interesting! Are there chickens?"

"No."

"Nothing is perfect," sighed the fox.

But he came back to his idea.

"My life is very monotonous," the fox said. "I hunt chickens; men hunt me. All the chickens are just alike, and all the men are just alike. And, in consequence, I am a little bored. But if you tame me, it will be as if the sun came to shine on my life. I shall know the sound of a step that will be different from all the others. Other steps send me hurrying back underneath the ground. Yours will call me, like music, out of my burrow. And then look: you see the grain-fields down yonder? I do not eat bread. Wheat is of no use to me. The wheat fields have nothing to say to me. And that is sad. But you have hair that is the colour of gold. Think how wonderful that will be when you have tamed me! The grain, which is also golden, will bring me back the thought of you. And I shall love to listen to the wind in the wheat······."

The fox gazed at the little prince, for a long time.

"Please— tell me!" he said.

"I want to, very much," the little prince replied.

"But I have not much time. I have friends to discover, and a great many things to understand."

"One only understands the things that one tames," said the fox.

"Men have no more time to understand anything. They buy things all ready made at the shops. But there is no shop anywhere where one can buy friendship, and so men have no friends any more. If you want a friend, tame me⋯⋯."

"What must I do, to tame you?" asked the little prince.

"You must be very patient," replied the fox.

"First you will sit down at a little distance from me— like that— in the grass. I shall look at you out of the corner of my eye, and you will say nothing. Words are the source of misunderstandings. But you will sit a little closer to me, every day⋯⋯."

The next day the little prince came back.

"It would have been better to come back at the same hour," said the fox. "If, for example, you come at four o' clock in the afternoon, then at three o' clock I shall begin to be happy. I shall feel happier and happier as the hour advances. At four o' clock, I shall already be worrying and jumping about. I shall show you how happy I am! But if you come at just any time, I shall never know at what hour my heart is to be ready to greet you⋯⋯. One must observe the proper rites⋯⋯."

"What is a rite?" asked the little prince.

226

"Those also are actions too often neglected," said the fox. "They are what make one day different from other days, one hour from other hours. There is a rite, for example, among my hunters. Every Thursday they dance with the village girls. So Thursday is a wonderful day for me! I can take a walk as far as the vineyards. But if the hunters danced at just any time, every day would be like every other day, and I should never have any vacation at all."

So the little prince tamed the fox. And when the hour of his departure drew near—

"Ah," said the fox, "I shall cry."

"It is your own fault," said the little prince. "I never wished you any sort of harm; but you wanted me to tame you······."

"Yes, that is so," said the fox.

"But now you are going to cry!" said the little prince.

"Yes, that is so," said the fox.

"Then it has done you no good at all!"

"It has done me good," said the fox, "because of the

color of the wheat fields." And then he added:

"Go and look again at the roses. You will understand now that yours is unique in all the world. Then come back to say goodbye to me, and I will make you a present of a secret."

The little prince went away, to look again at the roses.

"You are not at all like my rose," he said. "As yet you are nothing. No one has tamed you, and you have tamed no one. You are like my fox when I first knew him. He was only a fox like a hundred thousand other foxes. But I have made him my friend, and now he is unique in all the world."

And the roses were very much embarrassed.

"You are beautiful, but you are empty," he went on. "One could not die for you. To be sure, an ordinary passerby would think that my rose looked just like you— the rose that belongs to me. But in herself alone she is more important than all the hundreds of you other roses: because it is she that I have watered; because it is she that

I have put under the glass globe; because it is she that I have sheltered behind the screen; because it is for her that I have killed the caterpillars(except the two or three that we saved to become butterflies); because it is she that I have listened to, when she grumbled, or boasted, or even sometimes when she said nothing. Because she is my rose.

And he went back to meet the fox.

"Goodbye," he said.

"Goodbye," said the fox. "And now here is my secret, a very simple secret: It is only with the heart that one can see rightly; what is essential is invisible to the eye."

"What is essential is invisible to the eye," the little prince repeated, so that he would be sure to remember.

"It is the time you have wasted for your rose that makes your rose so important."

"It is the time I have wasted for my rose—" said the little prince, so that he would be sure to remember.

"Men have forgotten this truth," said the fox.

"But you must not forget it. You become responsible,

forever, for what you have tamed. You are responsible for your rose……."

"I am responsible for my rose," the little prince repeated, so that he would be sure to remember.

22

"Good morning," said the little prince.

"Good morning," said the railway switchman.

"What do you do here?" the little prince asked.

"I sort out travelers, in bundles of a thousand," said the switchman. "I send off the trains that carry them; now to the right, now to the left."

And a brilliantly lighted express train shook the switchman's cabin as it rushed by with a roar like thunder.

"They are in a great hurry," said the little prince. "What are they looking for?"

"Not even the locomotive engineer knows that," said the switchman.

And a second brilliantly lighted express thundered by, in the opposite direction.

"Are they coming back already?" demanded the little prince.

"These are not the same ones," said the switchman. "It is an exchange."

"Were they not satisfied where they were?" asked the little prince.

"No one is ever satisfied where he is," said the switchman.

And they heard the roaring thunder of a third brilliantly lighted express.

"Are they pursuing the first travelers?" demanded the little prince.

"They are pursuing nothing at all," said the switchman.

"They are asleep in there, or if they are not asleep they are yawning. Only the children are flattening their noses against the windowpanes."

"Only the children know what they are looking for," said the little prince. "They waste their time over a rag doll and it becomes very important to them; and if

231

anybody takes it away from them, they cry……."

"They are lucky," the switchman said.

23

"Good morning," said the little prince.

"Good morning," said the merchant.

This was a merchant who sold pills that had been invented to quench thirst. You need only swallow one pill a week, and you would feel no need of anything to drink.

"Why are you selling those?" asked the little prince.

"Because they save a tremendous amount of time," said the merchant.

"Computations have been made by experts. With these pills, you save fifty-three minutes in every week."

"And what do I do with those fifty-three minutes?"

"Anything you like……."

"As for me," said the little prince to himself, "if I had fifty-three minutes to spend as I liked, I should walk at my leisure toward a spring of fresh water."

24

It was now the eighth day since I had my accident in the desert, and I had listened to the story of the merchant as I was drinking the last drop of my water supply.

"Ah," I said to the little prince, "these memories of yours are very charming; but I have not yet succeeded in repairing my plane; I have nothing more to drink; and I, too, should be very happy if I could walk at my leisure toward a spring of fresh water!"

"My friend the fox—" the little prince said to me.

"My dear little man, this is no longer a matter that has anything to do with the fox!"

"Why not?"

"Because I am about to die of thirst……."

He did not follow my reasoning, and he answered me:

"It is a good thing to have had a friend, even if one is about to die. I, for instance, am very glad to have had a fox as a friend……."

"He has no way of guessing the danger," I said to

myself. "He has never been either hungry or thirsty. A little sunshine is all he needs⋯⋯."

But he looked at me steadily, and replied to my thought:

"I am thirsty, too. Let us look for a well⋯⋯."

I made a gesture of weariness. It is absurd to look for a well, at random, in the immensity of the desert. But nevertheless we started walking.

When we had trudged along for several hours, in silence, the darkness fell, and the stars began to come out. Thirst had made me a little feverish, and I looked at them as if I were in a dream. The little prince's last words came reeling back into my memory:

"Then you are thirsty, too?" I demanded.

But he did not reply to my question. He merely said to me:

"Water may also be good for the heart⋯⋯."

I did not understand this answer, but I said nothing. I knew very well that it was impossible to cross-examine him.

He was tired. He sat down. I sat down beside him.

And, after a little silence, he spoke again:

"The stars are beautiful, because of a flower that cannot be seen."

I replied, "Yes, that is so." And, without saying anything more, I looked across the ridges of sand that were stretched out before us in the moonlight.

"The desert is beautiful," the little prince added.

And that was true. I have always loved the desert. One sits down on a desert sand dune, sees nothing, hears nothing. Yet through the silence something throbs, and gleams……

"What makes the desert beautiful," said the little prince, "is that somewhere it hides a well……"

I was astonished by a sudden understanding of that mysterious radiation of the sands. When I was a little boy I lived in an old house, and legend told us that a treasure was buried there. To be sure, no one had ever known how to find it; perhaps no one had ever even looked for it. But it cast an enchantment over that house. My home was hiding a secret in the depths of its heart……

"Yes," I said to the little prince.

"The house, the stars, the desert— what gives them their beauty is something that is invisible!"

"I am glad," he said, "that you agree with my fox."

As the little prince dropped off to sleep, I took him in my arms and set out walking once more. I felt deeply moved, and stirred. It seemed to me that I was carrying a very fragile treasure. It seemed to me, even, that there was nothing more fragile on all Earth. In the moonlight I looked at his pale forehead, his closed eyes, his locks of hair that trembled in the wind, and I said to myself: "What I see here is nothing but a shell. What is most important is invisible……."

As his lips opened slightly with the suspicious of a half-smile, I said to myself, again: "What moves me so deeply, about this little prince who is sleeping here, is his loyalty to a flower— the image of a rose that shines through his whole being like the flame of a lamp, even when he is asleep……." And I felt him to be more fragile still. I felt the need of protecting him, as if he himself were a flame that might be extinguished by a little puff of wind…….

And, as I walked on so, I found the well, at daybreak.

25

"Men," said the little prince, "set out on their way in express trains, but they do not know what they are looking for. Then they rush about, and get excited, and turn round and round⋯⋯."

And he added:

"It is not worth the trouble⋯⋯."

The well that we had come to was not like the wells of the Sahara. The wells of the Sahara are mere holes dug in the sand. This one was like a well in a village. But there was no village here, and I thought I must be dreaming⋯⋯.

"It is strange," I said to the little prince. "Everything is ready for use: the pulley, the bucket, the rope⋯⋯."

He laughed, touched the rope, and set the pulley to working. And the pulley moaned, like an old weather vane which the wind has long since forgotten.

"Do you hear?" said the little prince. "We have wakened the well, and it is singing……."

I did not want him to tire himself with the rope.

"Leave it to me," I said. "It is too heavy for you."

I hoisted the bucket slowly to the edge of the well and set it there— happy, tired as I was, over my achievement. The song of the pulley was still in my ears, and I could see the sunlight shimmer in the still trembling water.

"I am thirsty for this water," said the little prince. "Give me some of it to drink……."

And I understood what he had been looking for.

I raised the bucket to his lips. He drank, his eyes closed. It was as sweet as some special festival treat. This water was indeed a different thing from ordinary nourishment. Its sweetness was born of the walk under the stars, the song of the pulley, the effort of my arms. It was good for the heart, like a present. When I was a little boy, the lights of the Christmas tree, the music of the Midnight Mass, the tenderness of smiling faces, used to make up, so, the radiance of the gifts I received.

"The men where you live," said the little prince, "raise five thousand roses in the same garden— and they do not find in it what they are looking for."

"They do not find it," I replied.

"And yet what they are looking for could be found in one single rose, or in a little water."

"Yes, that is true," I said.

And the little prince added:

"But the eyes are blind. One must look with the heart······."

I had drunk the water. I breathed easily. At sunrise the sand is the color of honey. And that honey color was making me happy, too. What brought me, then, this sense of grief?

"You must keep your promise," said the little prince, softly, as he sat down beside me once more.

"What promise?"

"You know— a muzzle for my sheep······. I am responsible for this flower······."

I took my rough drafts of drawings out of my pocket. The little prince looked them over, and laughed as he

241

said:

"Your baobabs— they look a little like cabbages."

"Oh!"

I had been so proud of my baobabs!

"Your fox— his ears look a little like horns; and they are too long."

And he laughed again.

"You are not fair, little prince," I said. "I don' t know how to draw anything except boa constrictors from the outside and boa constrictors from the inside."

"Oh, that will be all right," he said, "children understand."

So then I made a pencil sketch of a muzzle. And as I gave it to him my heart was torn.

"You have plans that I do not know about," I said.

But he did not answer me. He said to me, instead:

"You know— my descent to the earth⋯⋯. Tomorrow will be its anniversary."

Then, after a silence, he went on:

"I came down very near here."

And he flushed.

And once again, without understanding why, I had a queer sense of sorrow. One question, however, occurred to me:

"Then it was not by chance that on the morning when I first met you— a week ago— you were strolling along like that, all alone, a thousand miles from any inhabited region? You were on the your back to the place where you landed?"

The little prince flushed again.

And I added, with some hesitancy:

"Perhaps it was because of the anniversary?"

The little prince flushed once more. He never answered questions— but when one flushes does that not mean "Yes"?

"Ah," I said to him, "I am a little frightened—"

But he interrupted me.

"Now you must work. You must return to your engine. I will be waiting for you here. Come back tomorrow evening⋯⋯."

But I was not reassured. I remembered the fox. One runs the risk of weeping a little, if one lets himself be tamed······.

26

Beside the well there was the ruin of an old stone wall. When I came back from my work, the next evening, I saw from some distance away my little price sitting on top of a wall, with his feet dangling. And I heard him say:

"Then you don' t remember. This is not the exact spot."

Another voice must have answered him, for he replied to it:

"Yes, yes! It is the right day, but this is not the place."

I continued my walk toward the wall. At no time did I see or hear anyone. The little prince, however, replied once again:

"—Exactly. You will see where my track begins, in the sand. You have nothing to do but wait for me there. I shall be there tonight."

245

I was only twenty meters from the wall, and I still saw nothing.

After a silence the little prince spoke again:

"You have good poison? You are sure that it will not make me suffer too long?"

I stopped in my tracks, my heart torn asunder; but still I did not understand.

"Now go away," said the little prince. "I want to get down from the wall."

I dropped my eyes, then, to the foot of the wall— and I leaped into the air. There before me, facing the little prince, was one of those yellow snakes that take just thirty seconds to bring your life to an end. Even as I was digging into my pocked to get out my revolver I made a running step back. But, at the noise I made, the snake let himself flow easily across the sand like the dying spray of a fountain, and, in no apparent hurry, disappeared, with a light metallic sound, among the stones.

I reached the wall just in time to catch my little man in my arms; his face was white as snow.

"What does this mean?" I demanded. "Why are you

talking with snakes?"

I had loosened the golden muffler that he always wore. I had moistened his temples, and had given him some water to drink. And now I did not dare ask him any more questions. He looked at me very gravely, and put his arms around my neck. I felt his heart beating like the heart of a dying bird, shot with someone' s rifle······.

"I am glad that you have found what was the matter with your engine," he said. "Now you can go back home —"

"How do you know about that?"

I was just coming to tell him that my work had been successful, beyond anything that I had dared to hope.

He made no answer to my question, but he added:

"I, too, am going back home today······."

Then, sadly—

"It is much farther······. it is much more difficult······."

I realized clearly that something extraordinary was happening. I was holding him close in my arms as if he were a little child; and yet it seemed to me that he was rushing headlong toward an abyss from which I could do nothing to restrain him······.

His look was very serious, like some one lost far away.

"I have your sheep. And I have the sheep's box. And I have the muzzle······."

And he gave me a sad smile.

I waited a long time. I could see that he was reviving little by little.

"Dear little man," I said to him, "you are afraid······."

He was afraid, there was no doubt about that. But he laughed lightly.

"I shall be much more afraid this evening······."

Once again I felt myself frozen by the sense of something irreparable. And I knew that I could not bear the thought of never hearing that laughter any more. For me, it was like a spring of fresh water in the desert.

"Little man," I said, "I want to hear you laugh again."

But he said to me:

"Tonight, it will be a year······. my star, then, can be found right above the place where I came to the Earth, a year ago······."

"Little man," I said, "tell me that it is only a bad dream

— this affair of the snake, and the meeting-place, and the star……."

But he did not answer my plea. He said to me, instead: "The thing that is important is the thing that is not seen……."

"Yes, I know……."

"It is just as it is with the flower. If you love a flower that lives on a star, it is sweet to look at the sky at night. All the stars are a-bloom with flowers……."

"Yes, I know……."

"It is just as it is with the water. Because of the pulley, and the rope, what you gave me to drink was like music. You remember— how good it was."

"Yes, I know……."

"And at night you will look up at the stars. Where I live everything is so small that I cannot show you where my star is to be found. It is better, like that. My star will just be one of the stars, for you. And so you will love to watch all the stars in the heavens……. they will all be your friends. And, besides, I am going to make you a present……."

He laughed again.

"Ah, little prince, dear little prince! I love to hear that laughter!"

"That is my present. Just that. It will be as it was when we drank the water······."

"What are you trying to say?"

"All men have the stars," he answered, "but they are not the same things for different people. For some, who are travelers, the stars are guides. For others they are no more than little lights in the sky. For others, who are scholars, they are problems. For my businessman they were wealth. But all these stars are silent. You— you alone— will have the stars as no one else has them—"

"What are you trying to say?"

"In one of the stars I shall be living. In one of them I shall be laughing. And so it will be as if all the stars were laughing, when you look at the sky at night······. you— only you— will have stars that can laugh!"

And he laughed again.

"And when your sorrow is comforted(time soothes all sorrows) you will be content that you have known me.

You will always be my friend. You will want to laugh with me. And you will sometimes open your window, so, for that pleasure……. and your friends w ill be properly astonished to see you laughing as you look up at the sky! Then you will say to them, 'Yes, the stars always make me laugh!' And they will think you are crazy. It will be a very shabby trick that I shall have played on you……."

And he laughed again.

"It will be as if, in place of the stars, I had given you a great number of little bells that knew how to laugh……."

And he laughed again. Then he quickly became serious:

"Tonight— you know……. do not come," said the little prince.

"I shall not leave you," I said.

"I shall look as if I were suffering. I shall look a little as if I were dying. It is like that. Do not come to see that. It is not worth the trouble……."

"I shall not leave you."

But he was worried.

"I tell you— it is also because of the snake. He must not bite you. Snakes— they are malicious creatures. This one might bite you just for fun⋯⋯."

"I shall not leave you."

But a thought came to reassure him:

"It is true that they have no more poison for a second bite."

That night I did not see him set out on his way. He got away from me without making a sound. When I succeeded in catching up with him he was walking along with a quick and resolute step. He said to me merely:

"Ah! You are there⋯⋯."

And he took me by the hand. But he was still worrying.

"It was wrong of you to come. You will suffer. I shall look as if I were dead; and that will not be true⋯⋯."

I said nothing.

"You understand⋯⋯. it is too far. I cannot carry this body with me. It is too heavy."

I said nothing.

"But it will be like an old abandoned shell. There is nothing sad about old shells⋯⋯."

I said nothing.

He was a little discouraged. But he made one more effort:

"You know, it will be very nice. I, too, shall look at the stars. All the stars will be wells with a rusty pulley. All the stars will pour out fresh water for me to drink······."

I said nothing.

"That will be so amusing! You will have five hundred million little bells, and I shall have five hundred million springs of fresh water······."

And he too said nothing more, because he was crying······.

"Here it is. Let me go on by myself."

And he sat down, because he was afraid. Then he said, again:

"You know— my flower······. I am responsible for her. And she is so weak! She is so nature! She has four thorns, of no use at all, to protect herself against all the world······."

I too sat down, because I was not able to stand up any longer.

"There now— that is all······."

He still hesitated a little; then he got up. He took one step. I could not move.

There was nothing but a flash of yellow close to his ankle. He remained motionless for an instant. He did not cry out. He fell as gently as a tree falls. There was not even any sound, because of the sand.

27

And now six years have already gone by······. I have never yet told this story. The companions who met me on my return were well content to see me alive. I was sad, but I told them: "I am tired."

Now my sorrow is comforted a little. That is to say— not entirely. But I know that he did go back to his planet, because I did not find his body at daybreak. It was not such a heavy body······. and at night I love to listen to the stars. It is like five hundred million little bells······.

But there is one extraordinary thing······. when I drew the muzzle for the little prince, I forgot to add the leather strap to it. He will never have been able to fasten it on his sheep. So now I keep wondering: what is happening on his planet? Perhaps the sheep has eaten the flower······.

At one time I say to myself: "Surely not! The little prince shuts his flower under her glass globe every night, and he watches over his sheep very carefully······." Then I am happy. And there is sweetness in the laughter of all the stars.

But at another time I say to myself:

"At some moment or other one is absent-minded, and that is enough! On some one evening he forgot the glass globe, or the sheep got out, without making any noise, in the night······."

And then the little bells are changed to tears······.

Here, then, is a great mystery. For you who also love the little prince, and for me, nothing in the universe can be the same if somewhere, we do not know where, a sheep that we never saw has— yes or no?— eaten a rose······.

Look up at the sky. Ask yourselves: is it yes or no? Has the sheep eaten the flower? And you will see how everything changes······.

And no grown-up will ever understand that this is a matter of so much importance!

This is, to me, the loveliest and saddest landscape in the world. It is the same as that on the preceding page, but I have drawn it again to impress it on your memory. It is here that the little prince appeared on Earth, and disappeared.

Look at it carefully so that you will be sure to recognize it in case you travel some day to the African desert. And, if you should come upon this spot, please do not hurry on. Wait for a time, exactly under the star. Then, if a little man appears who laughs, who has golden hair and who refuses to answer questions, you will know who he is. If this should happen, please comfort me. Send me word that he has come back.

어린 왕자

초판 발행 ‖ 2006년 8월 30일
초판 5쇄 ‖ 2019년 2월 27일

지은이 ‖ 앙트완 드 생텍쥐페리
옮긴이 ‖ 김이랑

펴낸곳 ‖ 시간과공간사
펴낸이 ‖ 최석두
  등록 ‖ 1988년 11월 16일(제 1-835호)

ISBN ‖ 89-7142-195-9   03860

경기도 고양시 덕양구 통일로 140 삼송테크노밸리 A동 351호
전화 ‖ 02-3272-4546~8 팩스 ‖ 02-3272-4549